딸로
입사
엄마로
퇴사

딸로
입사

엄마로
퇴사

이주희 지음

니들북

21년을 일하고 집에 돌아왔다. 많은 곡절이 새벽 눈바람처럼 훑고 지나갔다. 사회는 나를 성장시켰지만 뼈아픈 가르침도 남겼다. 노력하지 않으면 아무것도 얻을 수 없다는 것, 그러나 노력만으로 원하는 것을 얻을 수 없다는 것까지.

사회로 나가고 결혼하고 엄마가 되는 모든 일을 세상의 속도와 함께 했는데 막상 즐거운 나의 집(Home Sweet Home)에 돌아오니 남의 집처럼 낯설었다.

'집'은 쉴 틈도 주지 않고 밀린 숙제들을 쏟아냈다. 소박한 훈장을 기대했지만 집은 그 누구보다 부지런 했던 과거를 당연지사로 여기며 나의 부탁을 일갈했다. 사회의 일에만 충실했지 그 사회가 여자,

엄마의 숙제까지 덜어주는 게 아니란 걸 몰랐다. 그래서 멍청하고 영악하게 두 가지를 힘들게 해내거나 영악하고 멍청하게 아무것도 하지 않는 여자들이 있다는 것도 말이다.

다시 신입의 자세로 임했다. 그러나 집은 쉽게 승리를 양보하지 않았다. 사랑은 시간의 양이 아니라 질이라며, 회사를 떠나려는 후배들을 잡던 옛일이 생각나 웃음이 나왔다.

톱니바퀴 하나 제대로 맞추지 못하고 있는데 어느 날, '이렇게 살아도 되나' 같은 질문이 폭탄처럼 쏟아졌다. 결승선을 넘어 숨을 고르는 주자에게 다시 달리라고 재촉하는 매정한 코치의 외침 같았다. 신호는 계속해서 찾아왔다. 고개를 들어보니 내가 밟고 있던 결승선은 어느새 출발선으로 바뀌어 있었다. 그래, 끝이 아니라 시작이구나.

딸로 사회에 나와 일과 함께 엄마가 되고 다시 집으로 돌아오는 것은 애초에 어림할 수 있는 일이 아니었다. 하루하루를 당당히 겪어냈고 그 결과 지금의 나로 있다. 그러므로 사회가 '경단녀'라는 이름으로 나의 경력과 경험을 가위로 싹둑 잘라내는 걸 허락하지 않는다. 그 자격은 나에게만 있고 나는 단절이 아니라 완성의 길로 가는 출발선에 서 있기에.

사회에 나갈 때는 하고 싶은 일보다 할 수 있는 일이 먼저였고 머물 때는 뒤처질까 두려웠고 결혼해서는 가정에 최선을 다하지 못하는 것이 죄스러웠다. 동시에 일에 온몸을 던질 수 없어 아쉬웠다. 이제,

불안하고 미안하고 아쉬운 마음을 날려 보낸다. 그리고 세상 문을 다시 가볍게 열 것이다.

'딸의 이야기'에는 다소 빈티지한 에피소드를 담았다. 지금의 딸들에게 전하고 싶고 그 딸을 키우고 있는 엄마들과 가볍게 공유하고자 하는 이야기를 대신했다. 무엇을 충고하거나 권하려 하지 않았으므로 그저 끄덕이거나 먼지를 닦아내듯 훑고 지나면 좋겠다.

'엄마의 이야기'에서는 지극히 현실적이고 싶었으나 조금은 가볍고 사소하게 남았다. 실존하는 여성의 모습을 담으라는 누군가의 말이 자꾸 목에 걸렸지만 실존이 대체 무엇이던가. 답할 수 있는 깜냥이 아니므로 모두에게 그 답을 맡기고자 한다.

부디, 앞으로는 그 누구도 여자라는 이유로 치열하게 살지 않기를 희망한다.

이주희

목
차

책을 열며   5

5장 ──────────────────────────────── 일과 인생

1장

딸로 태어나다

\#
세상에 나와 보니 딸이었다

집
여
자,
사
회
여
자

계단식 강의실을 꽉 채웠던 두 과목이 있다. 하나는 한국사였고 하나는 여성학이었다. 한국사는 팔찌, 목걸이, 발찌 같은 장신구를 모두 빼거나 화장을 지워야 하는 불편함이 있는데도 수강 인원이 넘쳤다. 서슬 퍼런 교수님은 매번 학생들에게 "왜 노예처럼 팔찌, 귀걸이, 발찌를 하느냐"며 분노했다. 그래서 원활한 수업 진행을 위해 모두 자발적으로 치장을 자제했다. 여성이 속박당하지 않고 주체적으로 살아야 우리의 억압된 역사가 다시는 되풀이되지 않는다고, 교수님은 분무기처럼 침을 뿜어댔다.

여성학은 당시 여대에서 최고의 인기였다. 마르크스나 헤겔의 도움 없이 서로의 경험을 공유하는 것만으로도 권리와 평등을 논할 수 있었다. 친한 친구는 아침 일찍 슈퍼마켓에 들렀다가 주인아저씨가 첫 손님으로 '안경 낀 여학생'은 재수가 없으니 남자 손님이 다녀간 뒤 다시 들어오라 해서 학교에 지각했다고 했다. 강의실은 분노했다.

○

술자리인 듯도 싶고 회의실인 것도 같은데 누군가 농담처럼 이런 말을 던졌다. "웬만하면 집에 있었으면 하는 여자들은 부득부득 기어 나오고 사회에 좀 남았으면 하는 여자들은 기어이 살림한다고 하네." 순간 눈앞에 번개가 쳤다.

20년 전 여성학 강의실로 회귀한 듯한 이 기분은 뭔지. 누가 사회에 남을 여자고 누가 집에 들어갈 여자인지 묻고 싶었다. '그럼, 난 집에 들어갔어야 했던 여자인가? 사회에 남아야 할 여자인가?' 확실하지는 않지만 결국 삿대질도 못했고 내가 어떤 여자인지 묻지도 못했다. 왠지 두려웠다. 집에 들어갔어야 할 내가 사회에 남아 있을까 봐. 그리고 그 얼토당토않은 논리에 심각하게 낚일까 봐.

○

신입사원 교육에 강사를 추천받았다. 미국에서 박사 학위를 받고 돌아와서 하는 몇 번째 안 되는 강의라고 했다. 강의는 생각했던 것보다 호응도, 평가도 좋았다. 강의 후 접견실에서 이런저런 이야기를 나누었다. 전업주부로 20년을 보내다 45세 넘어 공부를 시작했다고 한다. 교육학에 특별히 뜻을 둔 건 아니었지만 아이를 키우다 보니 교육에 관심을 갖게 되었고, 아이의 사춘기를 겪으며 자존감, 리더십의 중요성을 느꼈다 했다. 그리고 남편과 다 성장한 아이의 응원을 받으며 유학길에 올랐다고.

"궁금하시죠? 전업주부로 20년 살다 어떻게 바로 유학할 수 있었는지. 아이가 영어를 배울 즈음 다시 공부를 시작했어요. 설거지, 청소를 하며 영어 방송을 들었어요. 영어 시험도 꾸준히 봤구요. 언젠가는 공부를 하고 싶은데, 영어만큼은 빨리 끝내놓고 싶었어요. 때가 되면 직진할 수 있게." 이분은 집에 있어야 하는 여자인가? 사회에 남아야 하는 여자인가? 집에 있다가 다시 나올 여자인가?

그녀는 지금 대학에서 교육 공학을 가르치고 있다. 처음부터 사회에 있던 사람처럼, 너무도 완벽하게.

○

집에 어울리는 여자, 사회에 어울리는 여자가 따로 있을까? 집에 어울리는 남자, 사회에 어울리는 남자는 따로 없는데. 아무리 명석한 두뇌와 사회가 필요로 하는 역량을 두루 갖췄다고 해도 사회에 남을 의지가 없다면 무용지물일 것이고 조금 부족하더라도 날을 갈고 닦으면 사회의 높은 벽을 뚫을 수 있다고 배웠다. '집 여자', '사회 여자'는 원래 '여자는 집에 있어야 하는데 그나마 좀 쓸 만한 능력을 가진 여자는 나와도 된다'는 전제가 깔려 있는, 아주 몹쓸 표현이다. 낚이지 않아서 천만다행이다.

나의 엄마는 일로 성공할 수 있으면 굳이 결혼은 안 해도 좋다고 아빠의 눈치를 보며 말했다. 친구의 엄마는 친구에게 좋은 남자 만나 결혼하는 것이 행복이라고 가르쳤다. 그래서 친구는 일찌 감치 결혼을 했고 아이도 훌륭하게 키워냈다. 그러나 20여 년이 지난 지금, 슈퍼마켓 주인아저씨에게 "그냥 계산해주세요. 제가 첫 손님인 게 왜 재수 없는 건가요?" 하고 따지지 못한 것을 후회 하고 있다.

드라마 속의 대학원 면접장, 성차별적인 질문을 하는 교수에게 커트 머리의 배우는 이렇게 말했다.

"저에겐 오빠가 셋이 있습니다. 어렸을 때 저에게 오빠들이 물었습니다. 너 여자 할래 사람 할래, 그래서 전 당연히 사람을 하겠다고 대답했습니다. 그 후로 전 죽도록 맞으면서 컸습니다. 하지만 지금도 전 그때 대답을 잘했다고 생각합니다. 전 여자니 남자니 골치가 아파서 잘 모르겠습니다. 전 사람입니다. 그러니깐 사람한테 질문을 해주시면 정말 감사하겠습니다." 젊은 과학도들의 삶과 우정, 고뇌를 그리며 실제 카이스트의 입학 신드롬을 일으켰던 드라마 「카이스트」, 배우

추자현의 대사다.

　그때만 해도 드라마 속 많은 여자들은 부업에 있거나 동생들의 학비를 대기 위해 일찌감치 취직했다. 부모의 재산과 권력 덕을 본 여자들은 화려한 치장을 하고 높은 자리에 앉아 얼토당토않은 질투나 했다. 가난하지만 천재적인 재능을 가지고 태어난 아들들은 교복을 입고 아랫목의 더운밥을 먹으며 고시 공부를 했다. 남녀의 사랑에도 비슷한 패턴이 있었다. 여자는 남자의 뒷바라지를 하다 버림받고 이를 갈며 복수를 했다. 그러다 재벌 집 남자를 만나 신데렐라의 구두를 신었다. 내 눈에 비친 여자는 수동적이고 왕자님 없이는 말 한마디 제대로 못 했다. 한심했다.

　공장에 취업도 안 했고 아랫목 더운밥도 먹고 언니들도 다니지 못한 주산, 피아노 학원에 다닌 나는 그 어떤 면접장에서도 하고 싶은 말을 하지 못했다. 언니들이 '여자 할래? 사람 할래?'라고 물어주지 않아서인가? 오빠가 없어 맞고 크지 않아서인가? 천재의 머리를 타고나지 못해서일까? 아무튼, 그때부터 난 배우 추자현을 응원하게 되었다.

○

　"엄마, 다영이가 정리해서 단톡방에 올려준대."

　아들의 대답은 대체로 이렇다. 수업 시간에 같이 들었는데 여자아이들은 이미 준비를 끝냈고 남자아이들은 들은 기억조차 없다. 다영이의 문자에는 준비물 목록, 구매 시 주의 사항 등이 깨알같이 적혀있다. 아들은 그제야 자전거를 타고 문방구로 향한다. 그리고 꼭 한두 개씩 빼먹고 돌아온다. 윗집, 아랫집, 우리 집 아들은 대체로 이렇다. 전 세계 축구선수들의 전적과 몸값을 통째로 외우지만 준비물이나 전달 사항을 저장할 뇌 공간은 없다.

신입사원 입사 면접장도 별반 다르지 않다. 심층 질문에도 꿋꿋한 여학생들과 달리 온몸을 떨며 진땀을 흘리는 남학생들을 보면 아들 얼굴이 겹쳐져 더 이상 질문을 할 수 없었다. 오, 아들들이여.

○

3개월간 병원 신세를 졌다. 많은 환자들이 옆자리를 채웠다 빠져나갔다. 짬짬이 방문하는 남편, 아들들은 환자를 위해 사 온 영양가 있는 음식을 본인이 먹고 환자 침대에 누워 잠을 자고 갔다. "당신, 팔자한번 늘어졌네. 빨리 나아. 당신 없으니깐 집이 엉망이야" 하면서.

반면 환자의 대소변을 치우고 밤새워 간호하는 이들은 죄다 아내, 딸, 며느리다. 성급한 일반화의 오류에 빠지지 않으려고 하루에 대여섯 번씩 운동 길을 나서며 남자 병동을 살펴봐도 마찬가지다. 남편, 아들은 바빠서겠지 이해하려 했지만 다음날 아침 출근을 위해 갈아입을 옷이며 화장품을 챙겨오는 아내, 딸, 며느리들은 대체 어떻게 해석해야 할지.

여자로 살아오며 불리한 이유들이 많았는데 이제는 언제 철들지 모르는 아들 때문에 속상하다고 말하던 동네 엄마가 떠올랐다. 분만실 앞, 고추 모양에 불이 들어오자 시어머니가 덩실덩실 춤을 추셨는데, 창피함을 떠나서 딸을 낳았으면 어떤 대접을 받았을까 심히 두려웠다던 후배도 생각났다.

그 시어머니는 지금 막 태어난 손자가 대를 잇고 집안을 세울 것이라 기대했던 것인지, 아니면 아플 때 침대까지 비워줘야 하는 여자, 엄마로서의 삶을 살지 않아 다행이라 기뻤던 것인지, 그건 잘 모르겠다. 아니면 아들 못 낳았으니 남편 바람피우는 것에 토 달지 말라 했던 시어머니의 어머니의 시어머니가 떠오른 것인지도 모르겠다. 어쨌든 난 딸로 태어났고 지금 엄마로 살고 있다.

아들이 아들을 낳으면 기쁠까? 글쎄. 남녀 성비가 기운지 오래인데 보통 이상의 능력을 갖추지 않은 이상 요놈이 커서 결혼이나 할 수 있을까, 걱정이 앞설 것 같다. 그리고 이런 기도도 할 것 같다. '제발 육아의 책임이 늙은 저에게 넘어오지 않게 해주세요.'

"며느리, 아들은 고맙다는 말은 1분이고 애들 TV 보게 한다고 30분 잔소리 늘어놓는다"라며 무릎 아파하시는 동네 할머니, 할아버지의 한숨이 남 일 같지 않다.

세상에서 가장 폭력적인 말

우리 집 남자들은 대체로 시각, 후각, 미각, 말하기, 듣기에 예민하지 못하다. 아니, 집에 들어오는 순간 그렇게 변한다. 눈앞의 물건을 보지 못하고 열 번을 얘기해도 들은 바 없다. 옆집, 앞집 아저씨도 크게 다르지 않다고 한다.

"아들 제대로 키우지 않으면 나중에 며느리한테 욕먹어. 아직도 우리 어머님은 누워있는 아들한테 물 떠주시더라." 친구는 말했다. 미래의 며느리에게 욕먹지 않으려고 큰아이에게 잔소리를 늘어놓으면 남편은 "크면 다 한다. 남자들이 원래 그래"라며 '남자라는 이유로' 너무 쉽게 용서를 한다고 한다. 이 땅의 할머니들도 그런다. "큰일 하는 남자한테 집안일 시키지 마라." 무심한 것이 남자다움의 상징이고 집안일, 육아는 사소한 일이라는 할머니들에게 묻고 싶다. "도대체 무슨 큰일이요?"

○

곱상하게 생긴 남학생 두 명이 지나간다. 팔찌를 산 모양인데 서로의 것을 부러워하며 요즘 유행에 대해 논한다. 옆을 비껴가는데 향수인지, 화장품인지 모를 옅은 향이 느껴진다. 우리 집에서 늘 맡아지는 낯익은 냄새(!)는 아니다.

인형 뽑기에 빠져있는 작은아이는 직접 뽑은 인형이 보물 1호다. 남편은 "남자는 인형 가지고 노는 거 아니다"라고 가끔 한마디 한다. 눈물 많은 작은아이에게 다른 잔소리는 안 하면서 "남자가 뭘 그걸 가지고 울어"라며 나무란다. 남자는 도대체 어때야 하는 건가.

남편은 제사가 끝나면 가끔 설거지를 한다. 집안 어른들이 쳐다보고 있어도 상관하지 않는다. 처음에는 '큰일 하는 사람 설거지 시킨다'며 눈치 주시던 어른들도 이제는 꽤 자연스럽다. "제 조상님이잖아요, 이 사람은 얼굴도 모르는데요. 그리고 큰일은 이 사람이 하고 있어요." 남편이 이렇게 일침을 놓은 이후부터다. 임신한 몸으로 회사 근무 마치고 제사 지낸다고 코끼리 다리를 하고 달려온 아내가 애처로운 건지 무서워서인지는 잘 모르겠지만 이 사람이 이런 말도 할 줄 아나 싶어 순간 애 떨어질 뻔했다.

딸로 태어나다

그런 남편이, 유독 작은아이한테는 '남자가~'를 달고 산다. 첫째에 비해 상대적으로 꼼꼼하고 다정다감한 아들의 어떤 점이 걱정스러운 것인지, 자꾸만 마초를 입히려 한다.

범인을 찾고 보니 그놈의 '큰일' 때문이다. 어떤 '큰일'인지는 모르겠지만 어릴 때부터 듣고 자란 '큰일'은 대범하고 무심하고 표현이 서툴러야 하는 일인가 보다.

○

3녀 1남인 집의 셋째 딸로 태어난지라 늘 커트 머리에 바지를 입고 자랐다. 인형 놀이보다는 딱지치기, 구슬치기에 일가견이 있었다. 구슬을 잃고 들어온 남동생 대신 동네 아이들의 딱지와 구슬을 모두 접수하기도 했다. 엄마 몰래 창문 틈 사이에 숨겨놓은 몇백 장의 딱지가 한꺼번에 쓰레기통으로 들어갈 때는 땅이 무너지는 것 같았다.

결혼할 때까지도 "여자가 그게 뭐니?"라는 말, 많이 들었다. 혈액형은 당연히 O형일 거라고 추측 당했다. 여자가 일반적인 여자상에 가깝지 않으면 진보란 소리를 듣는다. 페미니스트냐는 질문도 많이 받았다.(정확히 페미니스트의 의미를 잘 모르겠다) 비행 조종사, 군인을 꿈꾸면 결혼에 관심이 없는 여자 취급을 받는다.

반면, 남자가 일반적인 남자상에 가깝지 않으면 성 정체성을 의심받는다. 미용이나 패션에 관심이 있으면 최고의 위치에 올라 신문에 인터뷰가 나오기까지 '저 집 아저씨는 좀 이상해'라는 소리를 들어야 한다. 애당초 '큰일'에서 제외 당한다.

○

작은아이와 함께 3년째 축구를 하는 하영이는 호리호리한 몸에도 절대 몸싸움에서 밀리지 않는다. 전체의 판을 읽을 줄 알아서 적절한 곳에 패스도 잘한다. 유소년 축구 대회를 열면 많은 부모들이 몰려와 구경을 한다. 내 딸도 아닌데, 그럴 때마다 난 하영이가 자랑스럽다. '여자가 그게 뭐니?'를 듣고 컸지만 나는 축구는 하지 못했다. 동생 데려다주러 간 태권도장에서 몰래 태권도를 익힌 게 전부다.

남자는 나가서 돈 벌고 여자는 살림과 육아를 책임지는 분업화가 깨진 지 오래다. 맞벌이가 아니면 생계유지도 쉽지 않다. 아직도 실체를 모르겠는 '4차 산업혁명'의 시대에는 직업이 더욱 세분화된다고 한다. 어릴 때부터 '답다'의 굴레를 쓰고 자란 아이들은 편견의 감옥에 갇혀 미래 직업을 선택하는 폭이 좁을 것이다.

신체적 구분과 한계는 이제 로봇이, 미래 기술이 대신할 것이다. 여자와 남자는 분명 다르지만 그들이 하는 일의 구분은 딱히 정당한 사유가 아닌 것들이 대부분이었다. 그저 할아버지, 할머니들이 그렇게 가르쳐준 것일 뿐. 우리 딸과 아들은 '큰일' 생각만 하느라 진짜 크게 되는 기회를 놓치지 않기를 바란다.

딸로 태어나다

"누가 그러더라. 세상에서 가장 폭력적인 말이 남자답다, 여자답다, 엄마답다, 의사답다, 학생답다. 이런 말들이라고. 그냥 다 처음 살아본 인생이라서 서툰 건데, 그래서 안쓰러운 건데, 그래서 실수 좀 해도 되는 건데."
- 드라마 「괜찮아 사랑이야」 중에서

처음부터 주어진 역할에 어울리는 사람은 없다. 익숙해져서 그렇게 보이는 것일 뿐. '답다'는 말은 유일하게 한 명에게만 쓸 수 있는 말인데, 이제껏 우리가 너무 남용한 것.

작은아이와 청소년 클래식 콘서트에 다녀왔다. 요즘은 베토벤, 모차르트와 꽤 친숙하다. 태교 때도 듣지 않던 클래식을 요즘은 밥하며 듣는다. 물론 교향곡인지 협주곡인지 몇 번인지는 모른다. 듣고 있으면 그저 마음이 편해진다. 그러면 큰아이는 리듬감 강한 아이돌 노래나 혓바닥이 말릴 것 같은 빠른 랩으로 맞불을 놓는다. 물론 모차르트가 아이돌을 이길 수는 없다.

작은아이가 3시간 넘는 연주를 버텨낼지 걱정이었는데 역시나. 초등 2학년은 모차르트보다 친구와의 장난이 더 좋다. 함께 간 친구와 떨어뜨려도 보고 위협도 했지만 먹히질 않는다. 포기하고, 내 귀나 호강해야지 싶다. 드디어 지휘자가 등장했다. 순간, 함께 간 아이 친구 엄마와 눈이 마주쳤다. 지휘자는 20대로 보이는 젊은 여성이었다.

여성 지휘자를 직접 본 건 처음이다. 첼리스트로 유명했던 장한나가 지휘자로 데뷔하며 예능에 출연했을 때도 그저 몇몇 천재들의 변신으로만 이해했다. 검색하니 우리나라에 처음으로 여성 오케스트라 지휘자가 등장한 것은 1989년이라고 한다. 벌써 30년 전의 일이다.

그러나 클래식 음악의 본고장인 유럽에서도 오케스트라 지휘는 여전히 남성의 영역이라 한다. 여성 지휘자는 여성들로만 구성된 오케스트라나 지방 교향악단, 오페라, 발레, 합창 무대에 서는 경우가 대부분이란다. 즉 오케스트라가 조연인 무대에 조용히 오를 뿐이라는 얘기다. 여성이 지휘자가 되려면 남성 지휘자의 추천과 배려가 필수라 하니 한국에서 젊은 여성 지휘자를 보는 건 행운이다.

엄마들과 달리 초등 2학년 남자아이에게 여성 지휘자는 특별한 일이 아닌가 보다. 왜 지휘자의 실물이 팸플릿과 다르냐며 궁금해하는 것이 전부다. 하긴, 작은아이는 매일 학교에서 돌아와 그런다. "엄마, 요즘 여자애들은 왜 그렇게 폭력적이야? 나 오늘 열 대도 더 맞았어." 작은아이에게 여자는 남자보다 더 똑똑하고 강한 존재다.

아이가 엄마들의 대화를 듣다가 끼어든다. "근데, 지휘를 여자가 하건 남자가 하건 상관없지 않나? 나중엔 로봇이 다 할 건데." 아, 그렇구나. 로봇!

○

딸의 대학 진학률이 아들을 추월했다. 국가고시 합격자도 여인 천하다. 수석도 딸들이 기록한다. 교육 강국 핀란드에서도 딸과 아들의 성적 격차를 줄이는 것이 최대 현안이라고 한다. 미국 연구팀의 분석 결과에서도 딸이 집중력, 끈기, 열의 등 학습 태도에서 뛰어난 것으로 나타났다. 딸이 아들의 성적을 이기는 것은 이미 전 세계적인 현상이다.

그런데 수년이 지나 아들들은 팀장이 되거나 힘깨나 쓴다는 자리에 오르는 반면 똑소리 나던 딸들은 연기처럼 홀연히 자취를 감춘다. 교실, 면접장에 있던 영민한 딸들은 도대체 어디로 간 걸까? 유독 사회성이 떨어지는 것인지, 사회적 지위에 욕심이 없는 것인지, 사회 일과 육아를 병행하며 투사 같은 삶을 살다가 지쳐 쓰러진 것인지, 의문스럽다.

○

여성 취업 준비생들은 남자라는 성별조차 여전히 스펙이 된다고 말한다. 쌍둥이로 태어났음에도 딸은 후남이(아들을 낳게 해달라는 의미), 말숙이(마지막 아이라는 뜻으로 단산을 기원)로, 아들은 귀남이(귀한 아들), 금동이(금같이 귀한 아이)로 불렸던 우리 엄마들의 세대에서 몇 발자국 걸어 나가지 못한 것일까? 이름만 세련되어졌을 뿐 혹시 사회는 아직도 딸들을 후남이로 부르고 싶어 하는 건 아닐까? 집에서 받던 차별을 사회로 집행유예한 것인가? 아들이나 딸이나 똑같이 살려면 도대체 얼마의 시간이 더 필요할까?

삶은 보편타당해야 한다고 하지 않던가. 희생도, 의무도, 권한도 치우침이 없어야 한다고. 아들과 딸은 이제 그들의 아들과 딸에게 물려줄 사회의 남자, 여자가 되었다. 부모를 선택할 수 없듯, 성별을 선택할 수 없고 태어날 사회를 선택할 수는 없다. 다만 그 사회를 건강하고 조화롭게 바꾸는 일만이 선택 가능하다. 여자, 남자가 되어서 말숙이, 금동이로 불려서는 안 될 말이다.

#
사회에 들어서다

제때 취업하고 제때 결혼해야지?

8시쯤, 집 근처 백화점엘 간다. 깍쟁이 백화점은 고급 롤 케이크를 반값에 팔고 인심 좋은 단골집처럼 몇 개를 덤으로 넣어준다. 마감 세일이다. 반 조리된 음식은 여러 개를 챙겨도 한 개 값만 받는다. 혹시 문을 닫을까 마음이 바빠진다. 그날의 물건을 다음날로 넘기지 않는 백화점의 정책은 소비자에게 바람직하다. 지갑을 여는 마음에 죄책감을 덜어준다.

반면, 백화점에 입주한 상인들은 억울할 것이다. 정성스럽게 만든 음식을 제값 받지 못하고 헐값에 넘겨야 하니. 그래도 폐기 처분보다는 나은지 연신 호객 행위를 한다. 사는 사람이나 파는 사람에게나 시간은 유혹이고 함정이다.

○

　마지막 남은 친구가 결혼식장에 들어가니 괜히 마음이 바빴다. 아무리 둘러봐도 나와 같은 처지가 없다고 생각하니 이성적인 판단에 제동이 걸린다. 좋은 남자를 소개하겠다는 동료의 제안에 귀가 열리고 심지어 결혼 정보 회사도 눈에 들어온다. 시간의 족쇄는 여자의 인생에 여러 차례 등장한다. '제때' 취업하고 '제때' 결혼하고 '제때' 아이를 낳는 일의 '제때'는 감정적 선택을 부추긴다.

　길눈이 어두운 사람들은 출발 전 갈 길을 몇 번 이상 확인하지 않으면 약속 장소 반대편으로 가거나 전혀 다른 곳으로 향한다. 중간에 내려 다시 방향을 잡으면 10분 늦을 것을 30분 늦고 한 시간 늦고 결국 약속을 망쳐버린다. 급하게 쫓기면 사달 난다.

○

　소방관들이 참화의 현장에서 지친 모습으로 생수를 마시는 사진이나 정신없이 도망쳐 나오는 사람들의 물결을 거슬러 뛰어가는 모습을 볼 때면 '저들의 발걸음은 본능일까? 훈련된 사명감일까?' 궁금하다. 그렇다고 목숨 값을 대신해 많은 돈을 버는 것도 아닌데, 무엇이 그들을 그곳으로 이끄는 건지, 미천한 나로서는 이해하기 힘들다.

　그들의 사진은 사람들에게 '일은 무엇일까?' 하는 질문을 던진다. 일

　　　　　　　　　　　　　　　　　　　　　　　　　　딸로 태어나다

은 돈을 벌기 위해서일까? 내 가치를 인정받기 위해서일까? 세상을 구하기 위해서일까?

강산이 두 번 바뀔 시간을 일하고도 정확한 답을 구하지 못하고 있었는데, 어느 날 김구 선생님의 말이 눈에 들어왔다.

"돈에 맞춰 일하면 직업이고, 돈을 넘어 일하면 소명이다. 직업으로 일하면 월급을 받고, 소명으로 일하면 선물을 받는다."

신입사원 교육 때 이 문구를 들먹이며 강의를 했더니 그 자리에 참석했던 옆 부서 최 부장은 "청년 실업 시대에 이런 문구 가슴에 품으면 취업 못 하고 회사에서 살아남지 못해. 좀 현실적인 이야기를 해 줘"라고 말했다. 그래, 나도 알지. 이렇게 매끈한 말보다 '스펙 쌓기', '상사 사용법' 같은 게 더 중요하다는 걸. 그런데 강산이 두 번 바뀔 시간을 일해보니 그것만으로는 버틸 수 없다는 걸 당신도 알고, 나도 알잖아. 징징거리지 않고 불평하지 않고 오랜 기다림에도 불안해하지도 않고 단호하게 내 길을 가려면 정확하지도 않은 숫자에, 형체도 없는 남들 얘기에 흔들리면 안 되잖아. 때론 차가워야 화마에서 빠져나오는 사람을 거슬러 그 뜨거운 불길로 뛰어들 수 있잖아.

○

"올해 안에는 정말 취직해야 하는데, 뽑아만 준다면 악마에게 영혼이라도 팔겠어." 지하철 2호선, 앞에 선 여학생 두 명의 대화다. "그러게 말이다. 우린 왜 이런 시대에 태어난 거지? 참, 선미가 합격했다는 데는 어디야? 걔, 광고 회사에 관심 있지 않았어? 웬 게임 회사. 그래도 난 부럽기만 하다." 마음의 다크 서클이 발바닥까지 내려와 있는 게 눈 나쁜 나에게도 보였다.

지하철 자리를 차지하고 앉은 나보다 훨씬 더 많은 시간을 살아야 하는데, '그렇게 쉽게 영혼을 팔면 안 되지'라고 말해주고 싶었지만 별다른 대안이 없어 그들의 아픈 이야기를 엿듣기만 했다.

젊은이들은 지금의 우리들보다 오래 살 것이다. 그러니 우리보다 더 열심히, 오래 일해야 한다. 여러 번 직업을 바꿔야 할지도 모른다. 그럼 처음의 직업이 중요할까, 아니면 빠른 시작이 중요할까 물어준다면 이렇게 대답할 준비가 되어 있다.

"인생 후배들. 처음의 일은 나의 평생을 가리키는 화살표가 되지. 두 번째, 세 번째 직업의 기준이고 출발선이지. 그러니 시간 때문에 처음부터 나를 헐값에 넘겨서는 안 돼. 타임 세일, 마감 세일에 넘어가면 대충 쓰이고 버려질지도 몰라. 내가 하고 싶은 일, 목표로 하는 일을 천천히 밟아 가는 것이 제값 받는 일이야. 중간에 내려 원점부터 시작하면 진짜 늦어버릴지도 모르니까. '제때' 취직하고 '제때' 결혼하는 일에 목메지 마. 제때가 어디 있어. 다 사람들이 계산하기 쉽게 만들어 놓은 평균값이지."

말로 태어나다

그런데, 아무도 물어주지 않을뿐더러 앞에 선 여학생들의 다크 써클을 밟고 앉아 있자니 차마 말문이 열리지 않는다. 제때 내리기나 해야지.

취업을 준비하는 모든 딸들에게 이 노래를 불러주고 싶다. "외로워도 슬퍼도 나는 안 울어, 참고 참고 또 참지. 울긴 왜 울어." 캔디는 나중에 원하는 모든 것을 얻는 주인공이다. 헐값에 넘기지 않고 소중히 갈고 닦으면 언젠가 제값 받을 날, 오지 않을까?

영화 「클래식」에서 조인성과 손예진이 빗속을 달리는 장면, 「번지 점프를 하다」에서 이은주가 이병헌의 우산 속으로 뛰어 드는 장면을 보면 아직도 숨이 멎는다. 그 절묘한 타이밍이란. 비는 젊음을, 아름다움을 화면 가득 남긴다. 인생의 가장 행복한 한때를 말하는, 화양연화. 바로 그 순간을.

정작 영화 「화양연화」는 슬프다. 1960년대 홍콩, 신문 기자 차우(양조위) 부부와 무역 회사 비서 수리 첸(장만옥) 부부는 같은 아파트에 산다. 각자의 배우자는 출장이 잦다. 어느 날 그들은 자신의 핸드백과 넥타이가 상대 배우자의 것과 같음을 발견한다. 상실감을 공유하던 두 사람은 사랑에 빠지지만 결국 각자의 자리로 돌아간다. 느릿한 카메라는 슬픈 두 사람의 감정을 화면에 팽팽히 담아낸다. 좁고 낡은 복도와 달리 화려한 치파오를 입은 장만옥과 단정하게 머리칼을 올린 양조위는 묘한 부조화를 이룬다.

○

'젊다'의 명사형인 '젊음'은 독립적으로 사용되는데, '늙다'의 명사형인 '늙음'은 왜 독립되어 사용되지도, 긍정적인 의미가 되지도 못하는 걸까? 예전에 아침 신문을 뒤적이는데 '늙어봤니? 난 젊어봤다'란 헤드라인을 발견했다. '땅' 하는 전율이 밀려왔다. 몇 년 후 한 가수는 '너 늙어봤냐 나는 젊어 봤단다'라는 제목의 음반을 냈다.

젊어본 사람, 늙어본 사람들은 안다. 젊음은 세상 그 어느 품목보다 비싸다는 걸. 그래서 모든 것을 가졌던 진시황제가 그토록 원했지만 결코 얻을 수 없었던 것이고. 세상에 불로초는 젊고 부지런하게 흐르는 '시간' 뿐이라는 걸 진시황제는 깨달았을까?

아름다움을 즐기고 사랑의 감정에 애달아하고, 옳지 않은 일에 분노하는 것은 젊음의 특권이다. 젊음을 젊음답게 쓴 사람만이 그 대가로 소통, 배려, 공감의 능력을 선물로 받는다.

꼬일 대로 꼬인 '꼰대'는 젊음을 젊게 사용하지 않아서 생긴 부작용이다. 다칠까 봐 시작하지 않고 실패할까 봐 도전하지 않고 거절당할까 봐 말하지 않은 사람들이 결국 자기 울타리에 갇혀 '꼰대 꿈나무'가

말로 태어나다

된다. 젊어본 사람들은 안다. 젊음의 도전과 추억은 살아가는데 심리적 자본이 된다는 걸.

「화양연화」의 장만옥과 양조위는 안정적인 직업에, 지켜야 할 도덕적 선善이 많다. 그래서 그들은 필연을 우연으로 비껴간다. 비좁은 복도에서 마주하는 눈빛, 레스토랑에서 함께 밥을 먹는 그 모든 시간을 화양연화라고 위안하면서.

「클래식」에서 조인성은 창밖의 손예진을 발견하고 가져온 우산을 버리고 빗속으로 뛰어든다. 우연인 것처럼. 「번지점프를 하다」의 이은주도 이병헌의 우산 속으로 과감히 뛰어든다. 우연인 것처럼. 젊음은 우연을 필연으로 만드는 마법이다.

○

남편이 군인인 친구는 지방 외곽에 산다. 동물을 좋아하지 않는 친구인데, 적적하다며 개 한 마리를 마당에 두고 키운다. '참깨'는 마음대로 짖고 마당을 뛰어다닌다. 도심지에는 사람보다 호강하는 개가 많다. 미용실에도 다니고 옷이 사람 것보다 화려하고 전용 유모차도 있다. 집에는 럭셔리한 개집이 있다. 하루가 멀다 하고 펫샵이 생긴다. 이 속도라면 치킨집을 앞설지도 모르겠다. 그런데 엘리베이터에서 만난 옆집 강아지는 예쁘지만 좀 슬퍼 보인다. 친구가 찍어 보내준 참깨는 개 본연의 임무를 수행하기에 부족함 없이 위풍당당하다. 넓은 마당에서 맘껏 뛰어놀며 이웃집 개와 고양이하고도 호형호제한다고 한다.

○

요즘엔 '젊어 고생은 사서도 한다'는 말을 하면 따귀를 맞는다. 젊은 이들이 굳이 사지 않아도 고생은 천지에 널려 있다. 새벽부터 새벽까지 공부하고 일해도 미래를 보장받기 힘드니 청춘을 논하기도 미안하다. 3포 세대, 5포 세대, 7포 세대 등 도대체 뭘 더 포기할지 듣고 있기 마음 아프다. 혈기 왕성한 젊은이들을 한순간에 늙은이로 만들어버리는 마법의 사회가 신기하다.

그러나 조인성, 손예진의 「클래식」 없이 왕조위, 장만옥의 「화양연화」가 되는 일은 슬픈 일이다. 명절에 친척들에게 이야기하기 좋고 좋은 조건의 배우자를 소개받기 적당한 일을 가지는 것은 참으로 다행스러운 일이지만 그것 때문에 진짜 화양연화를 포기하는 일이 없기를.

1년도 채우지 않고 퇴직을 결심한 신입사원이 그랬다. "대기업의 이름표를 버리는 일이 쉽지는 않았지만 진짜 제가 하고 싶은 일을 알게 해준 것만으로도 값진 경험이라 생각합니다." 한 번만 더 생각해보라고 말렸지만 결국 자기의 길을 묵묵히 선택했고 지금은 해외 이곳저곳을 누비며 무역업을 하고 있다. 조인성처럼 가지고 있던 우산을 버리고 비를 흠뻑 맞으며.

말로 태어나다

닭, 돼지, 소가 돌아가며 병치레를 한다. 이게 전부 양육 방식의 문제란다. 동물들을 손바닥만한 공간에 가두어 놓으니 고약한 병들이 생기는 것이다. 드넓은 들판을 뛰놀며 성장한 동물들은 '동물 복지'란 스탬프가 찍혀 비싼 값에 팔린다. 가두어 놓으면 빨리 크는 것 같지만 결국 병에 걸리고 제값 받지 못하고 땅속에 묻힌다. 사람도 '사람 복지' 스탬프가 찍혀 비싼 값에 팔렸으면 좋겠다.

일은 공부 머리로 하는 게 아니다

"이런 것도 할 줄 알아요? 애기 엄마, 기특하네." 직접 조미한 닭갈비를 들고 이웃집 초인종을 누르며 "맛은 없어요" 하며 수줍게 말문을 트면 이웃들은 이렇게 쉽게 칭찬을 해준다. 대장금의 밥상을 탐내는 게 아니라면 한국 음식에는 고추장, 된장, 간장을 중심으로 몇 가지의 양념이 추가되고 빠지는 일정한 패턴이 있다. 그동안 할 줄 모르는 줄 알았는데, 안 해봐서 겁먹은 거였다. 처음엔 버리는 게 많았지만 지금은 눈대중으로 간을 맞추고 눈썰미로 식당 음식도 흉내 낸다. 물론 그 음식을 먹는 가족들은 그런다. "하고 싶은 음식 말고 먹을 수 있는 음식 하면 안 돼?" 못 들은 척 넘긴다. 사람은 배고프면 먹는다.

○

둘째 언니는 손재주가 좋다. 종이접기도 잘하고 동생 프라 모델도 대신 만들어 주고 머리 손질도 잘하고 뜨개질, 바느질 솜씨도 좋고 글씨도 예쁘게 쓴다. 엄마도 손재주가 남달랐다. 네 남매의 옷을 만들어 입혔고 연탄불에서도 케이크와 쿠키를 만들었고 손쉽게 전구를 갈고 못을 박았다.

무엇을 만지기만 해도 고장 내는 사람이 있는가 하면 우산, 라디오, 시계를 새 물건처럼 뚝딱 고쳐놓는 남자도 있고 머리 모양부터 옷, 부엌의 각종 세간을 예술품처럼 만들어 놓는 여자도 있다. 노하우를 물어보면 '여러 번 하다 보니' 잘하는 것뿐이라고, 선수들은 그렇게 겸손을 떨었다.

○

"너는 우리나라에서 제일 좋은 대학 나왔다는 놈이 이것도 못 하냐?" P공대, K스트, 스카이SKY를 나오면 보고서도 잘 쓰고, 협업도 잘하고, 불가능한 일도 맥가이버처럼 해낼 수 있다고 생각하는 회사 어르신들 많다. 나 역시 이름이 '수재'였던 수재한테 웃으며 이렇게 말하곤 했다. "수재 씨, 이거 일부러 틀린 거지? 나 시험하려고."

공부 성적이 좋다고 훈련과 경험 없이도 일 처리가 뛰어날 것이라 기대하는 건 후광 효과의 부작용이다. 해보지 않은 일은 절대 처음부터 잘할 수 없다. 시도의 횟수를 줄일 수는 있으나 일은 행동, 반복, 경험이다. 해보는 것이 잘하는 것이다.

나는 칼, 드라이버를 잘 쓰고 칼질을 꽤 한다. 그건 내가 어릴 때부터 못을 박고 칼, 가위를 쓰는 엄마를 도와 봤기 때문이다. 어릴 때 엄마를 도와 본 경험이 없는 남편은 자기는 손재주가 없다고 생각한다.

아는 것과 보는 것, 해보는 것은 모두 다르다. 그 모든 프로세스가 '일'이다. 타고난 재능만으로, 공부 머리로는 얻을 수 없는 것이 일머리다.

○

엄마는 딸들이 뜨개질을 하고 있으면 화를 냈다. "옛말에 여자가 바느질 잘하면 고생 한다고 했다. 뭐하러 그걸 그렇게 열심히 하느냐"며, 할 줄 모르면 쓸 일도 없다고, 글만 읽는 선비는 부인 바느질 솜씨만 믿고 평생 짐 한 번 지지 않고 살았다는 말까지 덧붙였다.

할 줄 아는 게 많으면 할 일이 많아지고 고생스러운 건 사실이긴 하다. 회사 일도 그렇다. 좀 할 줄 아는 티를 내면 그 일은 바로 내 책상 위로 떨어진다. 진심으로 감사할 일이다.

평생을 살아도 밥상 하나 차릴 줄 모르는 건 처자식 먹여 살리기 위해 열심히 일한 증거가 아니라 인간의 기본권에 관심이 없는 것이다.

못 하나 못 박고 소파 하나 움직이지 못하는 건 힘이 없는 게 아니라 할 마음이 없어 해보지 않았고 그러니 요령이 없는 것이다.

먹어본 사람, 해본 사람이 안 해본 사람을 이기는 게 사회의 일이다. 이제 나는 요리가 두렵지 않다. 해보니 익숙해졌고 어렵지 않고 그래서 먹고살 만하다. 공부 머리와 일머리가 다르니 얼마나 다행인지 모르겠다. 이제, 역전만 남았다.

"제가요? 저, 그런 거 잘 못 하는데…" 눈을 동그랗게 뜨고 이렇게 반응하는 사람, 꼭 있다. 거기에 머리카락을 꼬거나 긁적이기까지 하면 여기가 유치원인지 회사인지 분간은 하나, 싶다. 기왕 배우는 일, 천성적으로 센스 좋고 일머리 좋은 경우가 아니라면 경험을 이길만한 건 없다. "저요" 하며 바짝 손들어보자. 그래야 성큼 계단을 오를 수 있다.

'빅 픽처'를 그리자.

　고등학교 미술 시간, 자유의 여신상을 그렸다. 오른손의 횃불이 떨어지고 미국 독립기념일이 적힌 책을 든 왼손이 잘려나간 모습으로. 고등학생의 답답한 현실을 '자유의 종말'이라는 주제로 표현하고 싶었다. 밑그림을 본 미술 선생님은 대뜸 "주희야. 너 미대 가라" 하신다. 참으로 당황스러웠지만 미혹된 마음으로 열심히 색을 입혔다. 선생님은 웃으면서 "야, 너 미대는 안 되겠다. 공부 열심히 해라" 하며 말을 주워 담는다. 왜 사람을 들었다 놓는 건지. 따지고 싶었지만 완성된 그림에는 처음의 밑그림이 보여준 날카로움은 사라지고 바보스러움이 가득했다. 안타까운 반전이다.

○

사람들은 종종 전임자를 죽인다. 조직에서 빨리 인정받기 위해서 그만한 전략이 없나 보다. 좋은 것은 취하고 나쁜 것은 버리면 될 것을 굳이 모든 걸 엎어야 하는지, 그걸 따라야 하는 아랫것들은 너무 힘들다.

　A전무는 B상무가 만든 보기 좋은 전략을 모두 도마 위에 올렸다. 이전에 하던 전략 중심의 업무에 의문을 가졌던 사람들은 새로운 단기 목표, 이벤트 위주의 일에 재미를 느꼈다. 그러나 시간이 갈수록 목적 없는 반복적인 일들에 지쳐갔다. 머리만 크는 것도 몸만 바쁜 것도 옳은 방향은 아니었다.

　이상과 현실의 중간점을 찾기는 쉽지 않다. 큰 그림을 중요시하는 사람들은 작은 나사를 보잘것없이 여기고 큰 그림 없이 길을 떠나면 가던 길도 다시 되돌아와야 한다. 나사를 돌리는 사람은 이유 없이 바쁘고 큰 그림에만 집착하면 자동차는 영영 굴러가지 않는다.

○

　밑그림을 그릴 때는 뭔가 큰 이야기를 하고 싶었지만 색칠을 하면서 어떤 색이 어울리는지, 어떻게 하면 선을 넘지 않을 것인지에 집중하느라 '이야기'를 잊었다. 횃불과 법전, 여신상 모두 조화롭지 못한 화려한 색을 입혀 놓았으니 미술 선생님의 변심은 당연한 일. 너무 가까이에 있어서, 집중해서 멀리 보는 것을 잊었다.

회사 컴퓨터와 파티션에는 온통 포스트잇으로 가득했다. 해야 할 일을 적어두고 하나씩 떼어내곤 했는데, 갈수록 포스트잇의 숫자는 늘어갔다. 하루, 한 달, 일 년을 그렇게 보내니 21년이 흘렀다.

"어떻게 사장님이 되셨어요?"라는 신입사원의 질문에 "하루하루를 알차게 보냈더니 대리가 되었고 과장이 되었고 상무가 되고 사장이 되었다"는 사장님의 답을 전적으로 신뢰하고 존경한다. 하지만 우리 모두가 사장님이 될 수는 없다. 대부분의 우리는 입사 합격증을 받음과 동시에 취업 준비생에서 퇴사 준비생으로 입장이 전환된다. 언제든지 '정리'의 대상이 될 수 있고 언제든지 회사를 떠나도 된다는 말이다. 그런데 많은 사람들이 열심히 색깔을 입히느라 밑그림을 잊는다. 하루하루 성실하게 사는 일은 사장님의 아름다운 과거와 달리 밑그림을 빼앗기는 일일지도 모른다. 상대적으로 꼼꼼하고 책임감 강한 사람들의 경우 더욱 그렇다. 집안일과 회사 일을 동시에 해야 하는 상황이 오면 포스트잇의 숫자는 늘어나고 하루하루를 버텨내느라 3, 6, 9, 12개월을 날려버린다. 중간중간 걸음을 멈춰야 산도 보이고 바다도 보이고 그 사이에 난 신작로도 보인다. 그렇다고 포스트잇이 유죄란 말은 아니다.

○

소설, 시나리오 작가들은 벽면에 인물 관계도, 사건 전개도를 붙여

말로 태어나다

놓는다. 감미로운 대사, 복잡한 사건에 집중하다 보면 자기도 모르게 전체의 흐름을 잊기 때문이다. 포스트잇만 붙이고 있으면 '판'을 잊고 배가 산으로 가고 시청률은 곤두박질친다.

　세상은 내가 쓰는 내 성장 일기에 관심이 없다. 소설 속에서 어떤 역할을 하느냐에 따라 캐릭터를 죽일지 살릴지, 조연에서 준 주연급으로 줄거리를 수정할지 결정한다. 나사만 조이고 있으면 수리공 역할로 끝나는 것이고 그 차를 타고 송혜교에게 가면 송중기가 되는 것이다. 이유도 모르고 하루하루 포스트잇만 떼어내지 않기를.

카메라는 신비한 이야기꾼이다. 주인공의 감정이 변할 때마다 컬러 화면이 흑백으로 변한다. 하늘 어디선가 시작된 시선은 느릿하게 고공의 풍경을 훑고 내려와 계곡을 비행한다. 멀리 보기를 하면 시청자는, 삶은 여유롭게 뒤로 물러선다.

나쁘게 이기면 무슨 의미 있습니까

드라마 속 주인공이 말한다. "난, 죄 없어. 죽을힘을 다해 버텼을 뿐이라고. 빼앗지 않았으면 뺏겼을 거야. 내 것을 지킨 게 죄야?" 이어 나레이션이 깔린다. "너는 생존, 성공이라는 이유로 가족, 친구, 그리고 너에게 가장 소중한 행복을 버렸어. 사람 간에 지켜야 할 정의까지 등졌지. 그렇게 열심히 산 게 바로 너의 죄야."

돈은 없지만 마음만은 순수했던 주인공은 불의의 사고를 당한다. 힘없는 자의 설움을 느끼고 누구보다 강해져야 한다고 결심, 강자에 기생하며 정상에 오른다. 그렇지만 사랑했던 사람에게 버림받고 더 강한 자의 먹이가 된다. 드라마나 영화를 하루 이틀 보는 게 아니라면 이런 구조에 누구보다 익숙할 것이다. 주인공은 유죄인가? 무죄인가?

○

어느 기업에서 리더십 강의를 하던 중 '상사의 막말 대잔치'를 하자고 제안했다. 반면교사反面教師하자는 취지였다. 그런데 "네 부모가 그렇게 가르쳤냐"부터 "머리는 장식으로 달고 다니냐", "네 살을 보니 밥이 안 넘어간다", "눈깔이 마음이 안 든다" 등 상상 이상의 막말들이 쏟아졌다. 진정 21세기의 일터가 맞나 싶다.

어떤 여자 상사는 상사에게 언짢은 소리를 들으면 협력 업체를 부르거나 콜센터, AS 담당자에게 전화해 "윗사람에게 알려 잘라버리겠다"고 소리 지르며 스트레스를 푼다고 한다. 각종 복지 혜택은 칼같이 챙기면서 정작 책임져야 하는 일은 나몰라라 하는 상사는 어쩌면 좋냐고 묻는데, 글쎄, 뭐라 답해야 할지.

약자의 서러움을 직간접적으로 경험한 사람들은 두 부류로 반응한다. '적어도 나는 그러지 말아야지' 또는 '당한 만큼 갚아 줘야지'다. 후자의 경우 편법에 유혹되기 쉽다. 여자아이들은 팽이, 딱지치기 등 이기고 지는 싸움에 심취해 있는 남자아이와 달리 관계 맺기, 역할극에 익숙해서 눈앞에서 주먹질을 하지 않고도 상대의 감정과 관계를 이용하는데 능하다. 맘만 먹으면 모든 종류의 칼을 사용할 수 있다.

싸우는 방법을 안다고, 약자였다고 해서, 약자를 괴롭힐 자격이 주어지는 건 아니다. 도덕적 자신감 없이 칼을 꺼내는 것은 상대가 아니라 자신을 망가트리는 지름길이다. 어설픈 칼놀림에 내가 다치지 않으리란 보장은 없다.

그 먼 옛날에 살았던 아리스토텔레스도 그랬다. "마땅한 일에 대하여, 마땅한 동기로, 마땅한 태도로 행동해야 지적인 덕을 이룰 수 있고 행복에 가까워진다"고. 부모를 들먹이고 상대의 머리를 들먹이는 사람은 그 말이 얼마나 아픈 말인지 알면서 사용한다. 마땅하지 않으니 유죄다.

○

올바르게 이기자.

큰아이 초등학교 입학식에서 가장 먼저 눈에 들어온 것은 학교 정면에 박혀있는 이 작은 문구였다. 가정통신문에 인쇄되어 있는 이 짧은 문장을 볼 때마다 가슴이 찌릿했다. '모로 가도 서울만 가면 되는' 시대에 이런 은장도 하나쯤은 아이가 지녔으면 좋겠다 싶다.

작은아이 학교에서는 정기적으로 부모 교육을 실시한다. 듣고 잊는 경우가 대부분이지만 그 시간만큼은 반성하고 좋은 부모가 되리라 다짐한다. 많은 교육 중에서도 '도덕성이 학습과 진로에 미치는 영향'이란 주제의 강의가 기억에 남는다. 정직, 자제력, 집중력이 정서나 인지, 행동 전반에 영향을 미치고 결국 학업에도 영향을 준다는 연구 결과였다.

사회의 일도 마찬가지다. 실력 없이 뒷담화, 비방, 거짓말, 편법, 왕

따, 갑질 등의 편법부터 배우면 나 역시 그 칼날에 의해 한 방에 제거된다는 걸, 모로 가면 절대, 서울 못 간다는 걸 증명하는 논문 하나 나왔으면 좋겠다.

○

드라마 「정도전」에는 회사원들도 공감할 만한 정치적, 감정적 수사들이 많이 나온다.

"의혹은 생겼을 때가 아니라 상대를 감당할 수 있을 때 제기하는 것이다." 정도전과 대립했던 이인임의 대사다. 천만에, 이인임은 틀렸다. 정의와 행복은 미뤄두었다가 한꺼번에 이루는 것이 아니다. 성공하고 돈 많이 벌고 지위가 높아져 더 큰 영향력을 갖게 된 후 그때부터 착하게 살 수 있는 것이 아니듯 수단과 방법을 가리지 않고 힘을 얻게 된 다음 의혹을 제기하는 것이 정의는 아니다. 내 것을 지킨다는 이유로 자꾸 '도덕'을 내놓으면 습관이 되고 당연한 일이 되고 권리로 착각한다.

강자에 기생하며 정상에 오른 드라마 주인공은 유죄다. 나쁜 것부터 먼저 배우고 그걸 사회생활 잘하는 것으로 착각하는 일이 없기를, 사회로부터 배웠다고 자랑하는 일은 더더욱 없기를.

부모 교육 마지막에 짧은 동영상을 보았다. 자녀들에게 "지금 공부하지 않으면 너의 미래는 저렇게 된다"며 노숙자를 손가락질할 것이 아니라 "열심히 공부해서 노숙자들도 함께 잘사는 사회를 만들자"고 말할 수 있는 부모가 되라는 내용이었다.

혹시 지금 '교육의 목적'으로 손가락질하는 모든 것을 우리의 딸과 아들이 흉내 내는 건 아닐지. 나쁜 성공은 그렇게 '교육'으로 포장된다.

술은
얼
마
나
마
셔
요
?

술을 처음 입에 대본 건 초등학교 5학년. 아빠가 소주잔을 건네며 맛을 봐도 좋다고 했다. 제대로 술을 마셔본 건 대학 학보사 신고식 때였다. 신고식은 간단했다. 큰 소리로 자신을 소개하는 것인데, 앞에 앉은 모든 선배들이 엄지를 올려야 마무리가 된다. 한 명이라도 '엄지 척' 하지 않으면 벌술을 마셔야 한다. 앞의 동기들이 모두 픽픽 쓰러졌다. 기껏해야 한두 살 차이고 동갑도 있는 선배들이 선배티를 내도 너무 낸다 싶어 신고식이 진행되는 내내 쏘아보았다. 드디어 차례가 되었다. 오기가 오른 나는 소주 몇 컵을 벌컥 삼키고 자기소개를 하고 그 자리에서 쓰러졌다. 요즘 시대엔 이러면 정말 안 된다. 전부 감옥 간다.

○

말로 태어나다

술은 '전투'였다. 그룹의 신규 프로젝트에 면접을 보러 오라는 은밀한 연락이 왔다. 면접은 간단했다. 직무 관련 몇 가지를 간단히 묻고는 "결혼할 건가요? 술은 얼마나 마셔요? 밤새워 일할 수 있겠어요?" 같은 질문의 답에 더 깊은 관심을 보였다. 직장 생활에서 술은 업무 능력만큼이나 중요한 것이구나, 싶었다.

주요 업무로의 변경을 요청하면 상사는 비슷한 이유를 댔다. "일도 늦게 끝나고 사람 만나 술도 먹어야 하는데, 아무래도 무리가 아닐까?" 눈치 빠른 나는 상사들이 곤란할 때면 '술'과 '야근'을 이유로 들어 거절한다는 것을 알아챘다.

꼭 술이 아니라 얼마든지 감동적인 방법으로 사람을 만날 수 있음에도 전투를 운운하면서 키득거리는 남성 문화와 상사의 퇴근 시간에 맞춰 일의 속도를 재는 뻔한 술수가 못마땅했다. '늦게까지 일하는 게 중요해? 그럼 밤새워서 일해주겠어, 술을 잘 먹어야 하는 일이야? 그럼 똑같이 마셔주겠어.'

사무실에서, 술자리에서 조용히 빠져나와 집에 가기에는 잠재한 승부욕이 컸던 것 같다. 일 못한다는 소리는 들어도 '여자라서'라는 소리는 듣고 싶지 않았다. 배려인지, 소외인지 그 경계가 모호한 선에 우두커니 서 있고 싶지 않았다.

그로부터 시간이 흘러, 우리 부서에 들어온 신입사원들은 하루는 야근하고 다음날은 회식하고 그 다음날은 야근을 반복하면서도 자신들보다 일찍 출근하는 부장님을 보며 놀라워했다. 아침에도 저녁에도 붙박이처럼 책상에 앉아 있는 이상한 여자가 우리 부장이라고 집에 가서 욕했을 것이다. 가족과 사이가 좋지 않은 것 같다고 수군거렸다. 일로, 술로 늦게 가는 일이 점점 더 당연해졌다. 오기로 시작했는데, 너무 멀리 와 버렸다. 내가 원하는 답은 이게 아니었는데.

○

"피자? 좋아, 좋아." 신입사원들은 회식 장소로 여자 부장님의 눈치를 살피며 이탈리안 레스토랑을 골랐다. 나 말고도 여자 상사가 셋이나 되니 여자 친구의 조언을 듣고 그녀들이 즐겨 먹는 메뉴를 선택한 게다. 20년 전 주량 늘리기를 조직 생활의 중요한 목표로 잡았던 나처럼, 이들은 상사를 위해 피자와 스파게티 회식을 제안했다. 2시간 넘게 검색하고 회의까지 하면서. 좋은 음식으로 건설적인 업무 아이디어를 나누며 정상적인 신체 상태로 헤어지니 참 좋았는데, 뭔가 어색했다. 집에 오며 술 한잔 생각나는 건 왜인지. 몹쓸 습관.

어느 조직이나 주류主流, 酒類 문화는 있다. 그것에 적응하지 못하면 정보를 얻지 못하고 변화의 감을 잃어가다가 그 후엔 뒷담화의 메뉴가 된다. 그 주류主流가 주류酒類든 피자든, 좋든 싫든, 내가 그 메뉴를 바꿀 수 있는 위치에 오르기 전까지는 적당한 수준으로 받아들이고 적응해야 하는 게 아랫것들의 입장이다. 난 우여곡절 끝에 각종 주류酒類에 적응했지만, 이제는 주류主流 문화가 바뀌길 간절히 바란다.

말로 태어나다

피자는 정말 맛있었으니깐.

○

"언니, 요즘은 이런 식으로 차별을 하네." 후배가 대뜸 말했다. 조카가 여행사에 입사했는데 여행지 기획은 남자 사원에게, 내부 업무 처리는 주로 여자들에게 맡긴다고 한다. "중동지역은 아무래도 위험하니 철수 씨가 가는 게 좋겠어", "거래처 부장이 성격이 좀 우락부락하니 PT는 남수 씨가 하는 게 좋겠어"라며 원치 않는 배려를 한다고 불만이라 했다. 워낙 험한 세상이니 실제로 배려하는 맘도 없지 않을 테지만, 그렇게 믿지만, 최선의 방어도 못 할 정도라면 회사가 뽑지도 않았을 터. 배려는 기회조차 없애는 게 아니라 홀로 애쓰지 않고 선택할 수 있는 환경을 만들어 주는 것이라는 걸, 혼자 주량을 늘리며 배웠다.

부끄럽지만 주사, 당연히 있다. 술이 무르익으면 상대를 노려보다가 얌전한 시비를 건다. 맘에 들지 않는 상사에게 붙들려 술을 먹을 때면 더욱 심했다. 아무래도 학보사 신고식 때부터 생긴 습관인 것 같다. 이래서 술은 어른한테 배워야 한다는 건가. 그래도 후회는 없다. 맨정신으로 못하는 거, 술기운에 그나마 해봤다.

2장

결혼에 대하여

#
결혼하다

지인의 결혼식에 참석했다. 눈물을 훔치는 신부 엄마와 달리 신부 아빠는 손님이 얼마나 왔는지, 화환은 몇 개나 있는지를 빠른 눈으로 점검한다. 하객의 인사에 "딸년 치우고 한가해지면 산이나 오르자"고 약속한다. 핏, 웃음이 났다. 17년 전 우리 아빠도 그러셨다. "딸년 치운다"고. 짐짝도 아니고 당최 어디다 치운다는 건지.

주례 앞에 선 신부는 38세, 신랑은 35세란다. 서른두 살에 결혼식장에 들어가면서 노처녀 취급을 받았는데. 오늘의 신부는 진짜 '치워지는 게' 분명하다. 웨딩드레스는 나이를 속이지 않는다고 그랬는데 어라, 38세 신부는 실로 아름다웠다. 나처럼 치워지는 게 아닌가 보다.

지금, 세상에 더없이 행복한 얼굴의 저 한 쌍도 온탕과 냉탕을 오가며 살겠지. 20년 뒤, 지금보다 더 행복한 얼굴일지, 고단한 얼굴일지, 혹은 남남이 되어 있을지 하는 쓸데없는 궁금증이 생긴다. 저들은 얼마나 치열하게 고민하고 오늘을 선택한 걸까?

나는 의심이 많다. 손잡고 걷는 노부부를 보면 흐뭇한 생각보다 어느 쪽이 얼마나 참고 양보했을지 짐쳐본다. 언뜻 보기에 어울리지 않는 부부를 보면 부족해 보이는 쪽에 어떤 매력이 있는지 살핀다. TV를 보는데, 크루즈 여행을 즐기는 할머니에게 PD가 물었다. 이 배를 타고 누구를 만나러 가고 싶냐고. 아줌마 같은 할머니는 "35살에 생이별한 남편을 만나러 가고 싶다. 그때는 사랑한다는 말 못 했는데, 지금은 할 수 있을 것 같다"고 했다. 옆에 앉은 엄마는 피식 웃는다. "일찍 헤어져서 나쁜 꼴을 못 봐서 그렇지. 뭐 하러 남편을 또 만나. 그냥 혼자 자유롭게 살면 되지."

○

신문에서 이런 글을 읽었다. "매력은 3가지 단전丹田에서 나온다고 본다. 하단전의 매력은 섹시함이다. 중단전의 매력은 재물이다. 섹시와 재물 싫다는 사람 어디 있겠는가! 이건 굳이 이야기 안 해도 다 아는 부분이므로 상단전의 매력을 논해야 한다. 상단전의 매력은 '이야기'라고 생각한다."(조용헌 살롱, 조선일보, 2017.8.7)

대화가 많은 부부가 오래, 행복하게 사는 이유가 바로 이것일까? 하단전의 매력으로 만나 중단전으로 결혼하고 상단전으로 살아내는 게 결혼인 걸까?

라디오를 듣다 어느 패널의 이야기에 격하게 공감했다. "결혼은 '좋아하는 것이 많은 사람'과 해야 해요. 좋아하는 게 많은 사람은 습관적으로 상대의 장점을 먼저 보는 사람이죠. 결혼은 상대의 사소한 장점에 반해서 수많은 단점들을 깨달아가는 과정인데 발톱 끝에 숨어 있는 단점까지 찾아내는 사람과 살 필요 있나요? 그런 사람과 살면 피곤해요."

맛없는 신혼 밥을 먹으면서도 "내가 먹어 본 어묵 볶음 중 가장 맛있다"고 말하는 남편이 "국이 너무 싱거운데?, 아무 맛이 없어"라며 굳이 정직함을 드러내는 사람보다 기분 좋은 배우자임을 부인할 수 없다. 산도 싫고 바다도 싫고 모든 여행은 귀찮고 영화는 보는 것마다 비평가의 잣대로 날 선 의견을 쏟아내는 사람과 함께 있으면 무기력해진다. 더 이상 이어갈 얘기가 없다. 대안 없이 비판만 늘어놓는 동료와 대형 프로젝트를 맡은 느낌이랄까.

결혼 전, 이런 글을 읽은 기억도 있다. 확실하지는 않지만 자의적 해석을 동원해보면 '결혼은 내가 좋아하는 걸 골고루 가지고 있는 사람과 하는 게 좋다. 사랑은 "그냥 좋아요"로도 가능하지만 결혼은 "그 사람은 성실해요. 착해요. 예의가 발라서 좋아요. 친절해요. 계획성이 있어요. 이빨이 가지런해서 좋고 손이 예뻐서 좋아요" 등 좋은 점 50가지는 말할 수 있어야 한다. 10년 뒤, 그중에 5개도 남지 않는 게 일상, 결혼이라는 덫이니. 구체적이라는 건 계산적인 게 아니라 상호작용의 시간을 절약하는 현명함이다. 결혼 전에 충분히 구체적이어야 한다'고. 그리고 그때 결혼할 지금의 남편에 대해 내가 좋아하는 점을 적어보았다. '기타를 잘 친다'로 시작해서 10개쯤을 쓰니 더 이상 떠오르질 않았다. 그런데, 17년을 산 지금은 좋아하는 점 30개쯤 쓸 수 있다. 살다 보니 '의리'와 '측은지심'이 변수로 작용했다. 물론 싫어하는 점은 50개도 더 된다. 남편도 마찬가지일 테지만.

○

50세 미혼의 지인이 있다. 20년을 알고 지낸 사이인데, 적당한 배우자감을 찾아주려고 '좋아하는 여성상'을 물으면 "지혜로운 여자"라고 답한다. 15년째 되던 해, 같은 대답이 나왔고 결국 나는 신경질을 냈다. "차라리 어리다던가, 예쁘다던가, 돈이 많다던가, 학벌이 좋다던가, 좀 구체적으로 얘기를 해. 지혜로운 여자는 도대체 어떤 여잔데? 난 당최 그런 여자를 본 적이 없다고." 회사 동료이자 친구처럼 지내는 그는 오히려 천연덕스럽다. "그러니깐, 내 말이. 그걸 다 가진 여자일 수도 있고 하나도 없는 여자일 수도 있고. 그런데 왜 자기가 화를 내고 그래?" 그 어려운 걸 해내려는 의도에 박수를. 그리고 깨달았다. 비혼의 선택을 가장 완곡하게 표현한 것일지도 모른다는 걸. 괜히 물었다. 입 아프게.

"코믹, 멜로, 액션, 에로, 맘에 드는 걸 찍으시죠. 그대의 연예인이 되어 항상 즐겁게 해 줄게요. 연기와 노래 코미디까지 다 해 줄게. 그대의 연예인이 되어 평생을 웃게 해 줄게요. 언제나 처음 같은 마음으로."
- 싸이, '연예인' 중에서

한 가지 장르만 고집하지 말기를. 사는 데는 코믹, 멜로, 액션, 에로. 다 필요하다.

주례가 말했다. "결혼은 부족한 남녀가 만나 완성되는 과정입니다."

"아, 젠장, 나도 부족한데, 또 부족한 사람을 만나서 무슨 완성을 해. 더 부족해지지. 현실적인 주례사는 없는 거야?" 평소 불만이 가득해 툴툴이 스머프로 통하는 고 대리가 동료 결혼식에서 눈치도 없이 중얼거린다. 백번 옳다, 박수를 치는데 고 대리와 절친이면서 고 대리의 저격수인 김 대리가 "야. 완벽한 사람이 왜 부족한 너를 만나? 부족하니깐 부족한 널 완벽하다고 착각하고 만나는 거야" 하며 느물거린다. 아니, 이것은 더 옳소이다.

회사 상사의 부탁으로 주례사를 쓴 적이 있다. 한 번도 주례사를 귀기울여 들어본 적이 없는 데다 결혼에 관심도 없을 때라 매우 난감했다. 유명한 교수님, 스님, 목사, 신부님의 주례사를 모아 열심히 공부하고 잘 편집해서 올렸다. 주례를 마치고 온 상사로부터 정말 좋은 주례사라는 칭찬까지 들었다. '결혼은 미완성을 완성으로 만들어 가는 과정'이라고 썼던 것 같다. 그렇다면 난 하객을 상대로 사기를 친 건가?

○

10년 전의 일이다. "언니, 저, 그 사람, 좋아해요. 좋은 사람 같아요. 근데 아직 제가 하고 싶은 일도 많고 너무 부족한 상황에서 무턱대고 결혼하는 게 맞을까 싶어요." 학교 후배는 얼마 전 남자를 소개받았다고 했다.

"첫째, 그 사람이 좋은 사람인지 네가 어떻게 알아? 하나를 보면 열을 안다는 말은 거짓말이야. 하나를 보고 하나도 제대로 알기 힘들어. 둘째, 네가 해보고 싶다는 일, 결혼해서 할 수 있어? 그 사람은 지금의 너를 보고 좋아하는 건데, 다른 모습을 보여줄 자신 있고 하고." 듣고 있던 후배는 버럭 화를 냈다. "언니는 선배가 돼서, 노처녀인 내가 결혼하겠다는데 왜 말려?" 공무원인 후배는 말 사육사가 되는 게 꿈이었다. 죽을 때까지 안 해보면 진짜 죽을지도 모른다고 늘 말했다. 그래놓고는 왜 화를 내는지. "완벽에 가까운 사람들이 만나도 자꾸 부족해지는 게 결혼이야. 본인이 충분히 본인한테 만족스러울 때, 그때 해. 결혼." 대충 이렇게 얘기했던 것 같은데, 후배는 그 남자와 결혼했고 지금도 공무원이고 그 남자의 취미를 쫓아 산악 등반과 마라톤을 즐기고 낚시 솜씨도 수준급이다. 후배는 지금 완벽하게 행복하다고 했다. 그래, 세상에 예외는 늘 있는 법이다. 모두 예외가 되기를.

○

이상하게도 "어떤 남자와 결혼하면 좋아요?" 같은 질문을 자주 받는다. 회사 일이 바빠 결혼 생활의 쓰고 단맛을 제대로 맛보지 못한 내가 받을 질문인지는 모르지만 뭐, 그래도 굳이 답을 하자면, '좀 놀아본 남자'를 추천하고 싶다.

사람에게는 인생을 통틀어 떨어야 할 '지랄'이 정해져 있다는 지랄 총량의 법칙은 역사에 길이 남을 명언이다. 그 지랄을 안전한 부모님 밑에서 떨어본 사람은 더 이상 부족한 '아내' 곁에서 떨지 않는다. 종목이 무엇이든 늦바람 날 확률이 낮다는 얘기다. '좀 놀아본 여자' 역시 마찬가지다. 좀 놀면서 자신의 부족을 충분히 깨달았을 것이다.

사실은 '부족한 사람이 만나 완성의 길로 떠나는 게 결혼'이라는 주례의 말씀에 동의한다. 다만 그 완성을 상대가 채워줄 거라 기대하는 것에 반대할 뿐이다. 나의 부족은 내가 채우는 것이지 절대 배우자가 채울 수 없고 배우자의 부족도 내가 채워야 할 의무는 없다.

후배는 말 사육사가 된 다음 결혼을 해야 했을까? 지금의 행복은 배우자가 채워준 것일까? 요즘 후배는 해외 사막 등반을 준비한다

　　　　　　　　　　　결혼에 대하여

고 한다. 그녀는 지금 말 사육사가 아니라 스스로 말이 되어 달리고 있는 듯 하다.

○

남편은 최소에 안도를 느끼고 나는 최대를 염려한다. '현재 걱정, 미래 대비' 역시 그렇다. 남편은 현재의 행복이 중요하다고 말하고 나는 미래의 불확실성을 줄이는 데 많은 노력을 기울인다. 무엇이 맞는지는 모르겠다. 상황과 조건이 다르니 무 자르듯 말할 주제는 아니다. 다만 17년이 지나니 나는 현재로 좀 더 내려와 있고 남편은 미래로 좀 더 나아가 있다. 나는 나쁜 일을 미리 염려하는 버릇을 귀퉁이만큼 버렸고 남편은 조금은 미래를 염려하는 듯하다. 서로 부족하다고 생각했던 일들이 지금은 절충점을 찾아가고 있다. 역시 주례는 옳았다.

얼마 전 前 연세대 국문과 마광수 교수가 삶을 마감했다. 여러 논란이 있었지만 90년대 시대의 아이콘이었던 것만은 사실이다. 그에 대한 판단은 각자의 몫으로 유보하고, 결혼과 사랑에 대한 그의 짧은 단상을 공유한다.

우선 '사랑'에 대한 헛된 꿈을 버려야 한다.
완전한 사랑도 없고 남녀 간의 완벽한 궁합도 없고 진짜 오르가즘도 없다.
사랑의 기쁨에 들떠있는 사람을 부러워하지 말자.
미혼의 남녀라면 기혼자들이 떠벌여대는 남편(또는 아내) 자랑이나 자식 자랑에 속지 말고, 기혼남녀라면 남들의 가정생활과 자기의 가정생활을 비교하지 말자.
사람들은 다 거짓말쟁이요 허풍쟁이이다.
다 불쌍한 '자기 변명꾼'들이다.
믿을 사람은 오직 자기밖에 없다.
결혼을 하지 말라는 말이 아니다. 결혼하든 결혼 안 하든, 모든 사랑은 결국 나르시시즘적 자위행위에 불과하다는 사실을 미리 알아두라는 말이다.

- '고독을 이기려면' 중에서 일부 인용

"작은아이 생긴 것 같아요"라는 말에 친정과 시댁의 반응은 사뭇 달랐다. 시댁 어른들은 늦은 나이에 기특하다 했고 친정엄마는 수심이 가득했다. 축하해줘야 하는 거 아니냐며 따지니 지금도 힘들게 일하면서 나이 사십에 어쩌려고 그러냐며. 난 내 딸이 먼저라고, 회사에서도 인정받고 성공해야 하는데 출산과 육아로 더 이상 몸이 병들지 않았으면 좋겠다고 했다. 시댁 어른들은 많이 먹으라고 했고 친정엄마는 너무 살찌지 않게 영양가 높은 것만 골라 먹으라고 했다. 출산으로 여자 몸 망가지는 거 한순간이라고. 물론 작은아이는 지금 양가의 막내로 모든 사랑을 맘껏 누리고 있다.

○

"야, 전생에 큰 죄를 지은 여자는 맏며느리로 태어나나 봐.", "몰랐어? 넌 아마 대역 죄인이었을 걸?" 친구의 시댁은 아들이 사위, 며느리가 자식인 줄 안다. 문제가 생기면 아들보다 며느리에게 먼저 전화를 건다. 친구는 꾸역꾸역 해결을 하고 그러면 또 다른 숙제가 기다리고 있다. 20년이 흐르니 남편을 포함해 모두가 당연한 일이지, 고마워할 일이 아니라 생각한다.

어릴 때부터 보던 친구의 엄마도 아니고 생전 본 적도 없는 어머니, 아버지가 생기는 건 결코 당연한 일이 아니다. 아무리 배우자를 사랑한다 해도 친구 엄마만큼도 모르는 분의 취향, 비위, 미묘한 어감을 읽어내는 건 신들의 영역이지 사람의 영역은 아니다. 1년에 365일 제사 지내는 것도 아닌데, 수십 년 병수발드는 며느리도 있는데 뭐 그리 힘드냐며 큰소리치는 남편들, 흔하지는 않지만 아직도 다섯 집 걸러한 집에는 있다.

육아 때문에 처갓집에서 사는 회사의 남자 후배에게 물었다. "애들 봐주시고 밥도 차려주시고 쓰레기 안 버려도 되니 저는 편해요. 아내가 장모님이랑 있으니 절 기다리지도 않고. 가끔은 불편하다 싶기도 하지만 저희끼리 동동거리고 살 때보다 편한 건 사실이죠."

반대로 시댁에서 사는 여자 후배에게 물었다. "애기 봐주시는 건 너무 감사한데, 애들 관련해서 아무리 하고 싶은 말이 있어도 오해하실까봐 말씀 잘 못 드려요. 회식 때문에 늦거나 볼일 볼 때면 집에 오자마자 이 일 저 일 하지만 늘 바늘방석이에요."

물론 반대의 경우도 있다. 남편을 머슴 취급하는 친정엄마가 미워 독립하고 싶다는 경우도 있고 자신이 수십 년 자라온 집인데도 불편하다며 분가를 서두르는 남편 때문에 곤란하다는 후배도 있다. 당장 애들은 어떻게 해야 할지 대책도 없고, 혹시 며느리가 뒤에서 조정하는 것 아니냐는 의심을 받는 것도 싫다고 했다.

어쨌거나 아직까지 사위는 처가에서 따뜻한 밥을 얻어먹고 며느리는 시댁에서 남편에게 줄 따뜻한 밥을 짓는 과거에서 크게 발전한 것 같지는 않다.

○

"요즘 여자애들 약았어. 자기랑 관련된 일 아니면 '1'도 관심 없고, 손해 보는 행동은 절대 안 해. 시댁에 와서 집 해달라, 애 키워달라, 애들 과외비 달라 그러는 경우도 있다네." 며느리 볼 나이가 가까이 되니 젊은 애들도 달리 보이고 어떤 시어머니가 될지 상상해본다는 친구. "야, 요즘에는 며느리 직업부터 보고 장모 건강 상태부터 본다더라. 손주들 키워줄 수 있나." 딸 가진 친구도 불만이 많다.

'입장 변화'는 역지사지로 해결될 일이 아닌가 보다. "그냥 서로 남인 듯 남이 아닌 혈연인 듯 혈연 아닌 것처럼 사는 게 제일 좋아. 수십 년을 모르고 산 남남이었고 낳아준 엄마, 아빠와도 싸우고 내 속으로 낳은 자식도 내 맘대로 안 되는데 시어머니와 며느리, 장모와 사위가 금방 가족이 되는 게 더 웃긴 거지."

맞다. 성급히 다가설 일도, 요구할 일도 아니다. 내 자식도 옆집 딸, 옆집 아들처럼 대해야 정상적인 관계를 유지할 수 있다는데, 하물며 진짜 옆집 딸, 아들에게 이유 없이 야단치면 큰일 난다. 마찬가지로 옆집 아저씨, 아줌마를 함부로 대해서도 안 된다. 성급하게 가까워지면 성급하게 멀어진다. 아내, 남편의 등을 떠민다 해도 밥이 쉬이 익지도 않을 터. 돌솥처럼 천천히 뜨거워져야 밥맛이 좋다.

○

공부하고 취업하느라 음식 한 번 제대로 못 해본 딸들이 며느리가 됨과 동시에 상다리 부러지는 밥상을 차릴 수는 없다. 제 부모에게도 살가운 안부 전화 한 통 못하는 아들이 처가 부모를 정기적으로 찾아뵙는 것도 쉽지 않다. 내 자식이 친한 옆집 아이와 싸움이 붙으면 어떤 이유에서든 내 자식의 입장부터 생각하는 게 부모의 마음이다. 옆집 아줌마가 내 편을 들어줘야 한다고 우기지 말기를. 그저 사실 그대로를 인정하면 속도 편하고 장도 편하다. 시댁에서 작은아이 가진 것을 축하하면 고맙게 받아들이고 친정에서 건강을 걱정하면 그 또한 고맙게 생각하면 그만이다.

'요즘 젊은이들 너무 약았다'는 말도 그동안 젊은이들에게 무리한 기대를 해온 중년들의 잘못된 생각이다. 배운 대로(?) 제 몫을 하는 아이들에게 무리한 목표를 주고 부족하다고 채근하는 꼰대들의 궤변이다. '집안에 사람이 잘 들어와야 한다'는 말, '마누라가 좋으면 처가 말뚝에도 절한다'는 속담도 다 부질없는 편견이다.

○

남편과 길을 가는데 앞서 걷는 부부의 대화가 들렸다. 아내가 휴대폰을 확인하며 짜증스러운 목소리를 낸다. "'당신 엄마'가 자꾸 전화해. 어떻게 좀 해봐." 물론 겉으로만 봐서는 아내의 말투에 문제가 있어 보인다. 하지만 실상은 '당신 엄마'가 '아들 부인'에게 무리한 요구를 하고 있을지, 쭉 그래왔는지 모를 일이다. 함께 듣던 나의 남편은 '당신 엄마'라는 소리에 얼굴을 찌푸리지만 해결할 일이 있을 때 하루에 열 번도 넘게 전화를 하는 친구의 시어머니를 알고 있는 나로서는 일방적 잘못은 아닐 수도 있다는 생각을 한다.

당신 엄마에서 어머님으로, 아들 부인에서 우리 며느리로 넘어가는 건 쌍방의 노력이 필요한 일이니까.

"너, 시어머니 엄청 미워했나 보다. 딸이 너희 시어머니랑 똑같다." 근거 있는 말이다. 어느 방송사에서 사람은 자신과 닮은 이성(사실은 남장, 여장을 한 자신의 얼굴)에 호감을 갖는다는 실험 결과를 얻었다. 부부는 살면서 닮는 것이 아니라 처음부터 자신과 닮은 사람을 선택하는 것이다. 나와 닮았다면 나는 배우자의 부모와도 닮았고 내 자식이 조상을 닮는 것은 당연한 일.

가끔 아들에게 말한다. "네가 아무리 미모의 여자를 만날 거라 계획해도 소용없어. 결국 너, 엄마랑 비슷한 여자 만난다." 아들은 지금까지 들어본 말 중 가장 무시무시한 말이라며 악담 좀 하지 말라고 발끈한다. 아들들은 대체로 엄마랑 비슷한 여자를, 딸들은 아빠랑 비슷한 남자를 만난다는 사실을, 아들은 모른다. 그러니 시어머니랑 나는 비슷한 여자일 확률이 높다. 뭐, 학문적 사실은 아니고 옛날부터 내려오는 조상들의 카더라 통신이니 얼마든지 역전의 기회도.

3장

엄마가 되자마자 일어나는 일

엄
마
가

되
다

엄마 일이고, 몫이고, **탓**이 된다.

장거리 출퇴근에 야근까지 하는 날이면 다리는 맘모스가 되고 배가 조여 온다. 생전 처음 겪어보는 몸의 불편함 끝에, 아이는 태어난다. 차마 설명할 수 없는 통증도 통증이지만 언제쯤 끝날지, 과연 끝나기나 하는 것인지, 불안감이 점점 커진다. 출산은, 객관적이지 않아 두렵다.

출산한 지 일주일이 지났지만 아이 무게만큼도 빠지지 않는 몸은 사람을 무기력하게 만든다. 2시간씩 쪽잠을 자는 통에 출산으로 붙은 살은 점차 제자리를 찾아가지만 미역국, 물, 우유를 번갈아 먹는 것은 버거운 일이다.

아이는 뭘 원하는지 끊임없이 울기만 한다. 기저귀를 갈기 두려울

정도로 너무 작은 이 생명체는 나 없이는 1분 1초도 살 수 없다. 모든 상황이 생소하고 두려움투성이인데, 남편은 엄마가 된 나를 갑자기 육아 전문가 취급한다. "애, 왜 울어? 어떻게 좀 해봐." 나도 모른다. 왜 우는지. 낳았으니 알아야 하지 않느냐는 눈빛이지만 낳았다고 텔레파시가 통하는 건 아니다. 여자에게 출산과 동시에 육아에 대한 모든 것을 감당할 능력이 생기는 건 아니다.(신이 생명과 함께 그런 능력까지 패키지로 넣어 주신다면 얼마나 좋을까) 업무 과중에 과다한 책임감을 부여하면 직장인들은 퇴직을, 아이들은 퇴학을 결심한다. 엄마들은 그렇게 산후 우울증을 앓는다.

산후 우울증은 엄마의 자격증이라는 말이 있다. 모든 엄마들의 통과 의례라는 의미다. 산후 우울증으로 극단을 선택하는 엄마들도 있지만 세상은 통계의 정상 범위를 벗어난 흔치 않은 정신 질환으로 계산을 끝내버린다. 세상 모든 여자들이 하는 일에 유난 떨지 말라는 싸늘한 시선이 말문을 막는다. 사회는 '모성애'라는 칼을 휘둘러댄다. "너, 엄마잖아."

○

아이는 낳기만 하면 크는 줄 알았는데, 아니었다. 예방 주사도 잊으면 안 되고 발달이 늦는 건 아닌지, 운동 신경은 떨어지지 않는지, 한글은 언제 가르쳐야 하는지, 자기 의사 표현은 제대로 하는지, 친구와의 관계는 원만한지, 모두 지켜봐야 한다. 돌봐주는 사람이 있어도 총

괄 책임자는 엄마다. 왕따나 괴롭힘을 당하는 건 아닌지, 외모 때문에 고민하는지, 어떤 학원을 보내야 하는지도. 무엇보다 아이의 장점과 재능이 무엇인지 파악하지 못하면 아이의 미래를 망쳐놓은 어리석은 엄마가 된다.

그뿐 아니다. 성격, 적성, 심리 검사에서의 나쁜 결과 값은 모두 엄마 탓이다. "엄마가 엄하신가요? 칭찬을 잘 안 하시나요?" 내가 너무 관대해서, 혹은 받아주지 못해서, 너무 무심해서, 너무 많은 걸 시켜서 아이에게 문제가 생기는 걸까? 사람들은 '엄마와 가장 많은 시간을 보내기 때문'이라고 말하는데 천만에, 요즘 아이들은 어린이집 선생님, 아빠, 할머니, 할아버지, 육아 도우미와 골고루 시간을 보낸다. 근데 왜 모든 화살의 방향은 엄마인지.

○

"왕관을 쓰려는 자, 그 무게를 견뎌라."

셰익스피어가 권력에 집착하는 헨리 4세를 꼬집기 위해 그의 희곡에 쓴 말이다. 왕관을 쓴 자는 명예와 권력을 가지지만 동시에 언제 머리 위에 칼이 떨어질지 모르는 불안에 시달린다는 뜻이다. 인기 있었던 드라마 「상속자들」의 부제로도 잘 알려져 있다.

회사 일도 할 만하고 더 높은 자리도 탐나는 시기, 엄마가 되는 일은 경사임이 틀림없으나 칼날이 향하는 왕좌에 앉는 일이다. 동시에 나의 부재를 메꿔야 하는 일터, 동료에게는 더없이 미안한 일이다. 그래서 엄마가 된 여자들은 꽉 짜인 사각 블록처럼 한눈 한 번 팔지 못하고 시간에 끌려다닌다.

그러다 깨닫는다. 양립이란 멀티플레이에 능한 남자도 결국 걸리고 마는 양다리 연애만큼이나 힘든 일이고 결국 한 가지 선택을 강요받거나 둘 다 최선을 다하지 못한다는 걸.

○

첫째를 낳고 직장 생활을 했던 친구의 일이다. 친구는 지방에서 하루 이틀을 지내야 하는 남편의 사정상, 혼자 육아 도우미와 출퇴근 바통 전쟁을 벌여야 했다. 아이가 기차를 좋아해 퇴근하면 매일 유모차와 포대기를 들고 지하철역을 찾았다. 지하철역에서 한참을 실랑이하다 돌아와 집안일을 마치면 녹초가 되고 다시 겨우 일어나 바통을 넘기고 출근했다고. 아이가 감기에 걸리거나 이상 징후를 보이는 날이면 우는 아이 달래며 『삐뽀삐뽀 119 소아과』를 찾아보고 응급실에 전화하며 한바탕 전쟁을 치렀다고 했다. 높은 자리에 오르고 좋은 기회를 얻는 일은 자연스레 포기가 되었다고 했다.

나 역시 다르지 않았다. 오랜만에 친정엘 가면 그러지 말아야지 해도 종일 잠만 자고 무슨 이야기만 나와도 짜증이 나 결국 친정엄마와 한바탕을 하고 돌아왔다. 고3을 다시 겪는 것 같았다.

엄마가 되자마자 일어나는 일

"고3은 시험 보고 나면 대학생이 되거나 직장인이 되지만 엄만 평생이 고3이야. 아이는 속으면서 키우는 거라고 하더라. 어린이집 가면 나아지겠지, 유치원 가면 나아지겠지, 학교 들어가면 나아지겠지…. 늘 지금이 제일 힘드네." 우린 매번 이런 이야기를 했다.

친구는 지금 제2의 사춘기를 겪는 아들과 매일 전쟁을 벌인 끝에 자책감과 죄책감이 종합 세트로 찾아왔다고 한다.

오랜만에 친정엘 갔다. 굽은 어깨와 서리 내린 머리로 아이들의 외가 나들이를 기다리며 고기 재우는 엄마, 부산스레 청소를 하는 아빠를 보고 있자니 이유 없이 짜증 부렸던 옛날이 죄스러웠다. 우리는 너무 늦게 자식이 된다.

○

일대일로 비교하는 건 사실 무식한 일이지만 여기는 대한민국 1번지니까. 남자들은 군대에서 날렵한 턱선과 반듯한 마음가짐을 만들어 오는데, 출산은 왜 두루뭉술한 몸매와 우울함을 남기는 걸까? 도깨비와 유시진 대위는 군 제대 이후 정점을 찍는데, 왜 출산한 여자 배우들은 드라마의 꽃인 멜로의 주인공도 더 이상 욕심내기 힘든 것일까? 왜 군 복무는 가산점이 되고 출산은 승격 누락이 되는 건지. 하던 일을 멈추고 잠시 먼 곳으로 떠나야 하는 것도, 육체 전반에 변화가 오는 것도 비슷한데 말이다. 모두가 자주국방, 인류 보존을 위한 위대한 일인 것을.

큰아이 때의 일이다. 토요일, 출근했다 돌아오니 남편 얼굴이 하얗게 질려 있다. 처음으로 아이를 혼자 본 남편은 아이의 기저귀를 갈지 못해 30분 거리에 사시는 시어머니가 달려오실 때까지 화장실에서 아이를 들고 서 있었다고 한다. 며칠 동안 그렇게 엄격한 OJTOn the Job Training를 했건만⋯ 장난감, 옷, 기저귀, 분유통이 널브러져 있는 거실을 보고 결국 울음은 내가 터트렸다.

저 아이 좀 키우고 올게요, 응, 그냥 나오지 마세요.

볼일이 급해 달려온 사람들이 슬그머니 문을 닫고 위아래층 화장실로 향한다. "이 과장님 왜 그래? 부장님께 야단맞으셨대?"

처음 본 입주 육아 도우미에게 아이를 맡기고 출근한 첫날, 마음이 지옥이다. 혹시 분유에 이상한 걸 넣으면 어떡하지? 아이 데리고 도망가면 어쩌지? 때리는 건 아니겠지? 나쁜 생각이 꼬리를 문다. 결국 화장실에서 통곡하고 말았다. '회사에서는 절대 울지 말자'가 인생 철칙이었는데. 망했다.

친인척의 도움은 기대할 수 없고 인근 아파트를 돌며 공고도 붙여보았지만 내 출퇴근 시간을 감당할 사람은 없었다. 출퇴근하는 분과도 발을 맞춰 봤으나 매일이 '요이땅'이었다. 집 엘리베이터에서부터 옷을 벗어도 늘 지각이었다. "미안하다, 미안하다" 하다가 더 이상 미안하다 말할 수 없어졌다. 도저히 안 되겠어서 직업소개소를 찾았고 처음 이 일을 해본다는 아주머니를 소개받았다. 지방에서 올라와 길눈이 어둡다고 고백했지만 당장 3일 뒤 출퇴근하시던 분이 못 오신다니 다른 대안이 없었다.

마침 TV에서는 육아 도우미들의 나쁜 행위들이 보도되기 시작했다. 엄마들 사이에서는 "집에 CCTV를 달아보자", "시부모, 친정 부모가 불시에 집을 방문해보자"는 아이디어가 쏟아졌고, 퇴근하면 반드시 아이의 옷을 벗겨 보라는 당부, 분유도 직접 타서 먹어보라는 조언이 오갔다.

어떻게 업무를 했는지도 모르게 서둘러 집에 와 아이를 살폈다. 아주머니는 오늘 아이와 보낸 모든 이야기를 해주었다. 맞춤법 틀린 글씨로 사야 할 물건도 적어 건네셨다. 그렇게 일주일을 보냈다. 아이를 재우고 함께 과일을 먹으며 고단했던 아주머니의 삶을 들었다. 결코 행복하지 않던 아주머니는 남편을 피해 홀로 상경했다 한다. 그렇게 5년을, 그분은 친정엄마처럼 나의 고군분투를 나누어 짊어주었다.

아주머니는 변비가 심한 큰아이의 항문에 손가락을 넣어 파주기도 했고 밤새 아이를 간호하며 애기 엄마는 가서 편하게 자라고 밀쳐내기도 했다. 남편, 친정엄마, 시어머니보다 아주머니와의 시간이 더 큰 위로가 되었다. 순박한 아주머니는 비로소 남편에게 벗어나 마음 편히 두 발 뻗고 잔다고, 첫 월급을 받으며 너무 행복하다고 했다.

○

"야, 너 왜 그래?" 회의실에서 후배가 눈물을 주르륵 흘리고 있다. "오늘 아이 처음 맡기고 나왔는데, 너무 마음이 안 좋아서요. 동네분 집에 아이 데려다주고 나왔는데, 왜 이렇게 눈물이 나는지 모르겠어요. 이 추위에 자는 아이 들쳐 업고 뭘 하는 건지."

"그래. 눈물 나지. 가슴이 내려앉지. 뭐 하겠다고 자식 떼어놓고 이러나 싶지. 그래도, 그분들도 자식을 키웠던 분들이니까, 그 마음을 믿어 보자고."

독립운동도 아니고, 하늘의 별이 된다는 보장도 없고, 생활비에 육아 도우미의 월급을 빼면 남는 것도 없는데 왜 그러고 사냐고 주위 사람들은 쉽게 묻는다. 반짝이는 젊은 청년들도 일자리를 구하지 못하는 세상에 '사'자가 달린 전문가도 아니고 그렇더라도 "잠시만요. 저, 아이 좀 키우고 나올께요" 그러면 "네, 그러세요"라고 할 세상이 아니니까. 기다렸다는 듯이 "응, 나오지 마세요"라고 말하는 사회에, 갑을 병정의 제일 끝쯤에 있는 여자들은 차마 '아이 때문'이라고 말하지 못한다. 지금까지의 성과는 물거품처럼 사라지고 능력은 평가 절하되고 더 이상 일할 의지가 없는 여자가 되니까. 그래서, 군이, 억지로, 순간순간을 참아가며 버티는 것이다. 말하고 보니 독립운동이랑 비슷하긴 하다.

○

"부장님은 아이, 어떻게 키우셨어요?" 회사에서 여성 리더십 교육을 마치고 간담회를 하면 늘 해산할 때가 돼서야 이런 질문을 받는다. 차별적인 회사 정책, 상사의 편견과 왜곡된 인식에 대해 침 튀기며 말하다가 마지막이 되어서야 겨우 가장 큰 고민을 꺼내놓는다. 왜? 사회에서 성공하려면 '육아 따위에' 관심을 가져서는 안 되니까. '육아'는 개인이 현명하게 헤쳐 갈 영역이지 회사의 책상 위로 꺼내놓을 문제는 아니라고 여자들조차 생각하는 거다. 질문을 받은 이 부장님도 지금 열심히 고군분투하며 키우고 있는 중이다. 엄청난 시행착오를 겪으면서.

"저는, 남의 손을 빌리고 있어요. 나쁜 사람만 있는 건 아니니까 믿어 봐야죠. 우리 절대 독립운동은 하지 맙시다. 독립운동가들도 자금 지원도 받고 의병들의 도움도 받았잖아요. 남편이든 시댁이든 친정이든 도우미든 당분간은 힘들다고 징징거리고 돈도 좀 쓰면서 키웁시다. 회사에서 빨리 오르지 못하는 게 결코 아이 때문이라고 생각하지도 말고 아이에게 부족한 엄마라고 자책하지도 맙시다. 억울함, 죄책감을 동시에 가지는 건 더 나쁘구요. 나를 위해 쓸 에너지도 좀 남겨둬야 하지 않겠어요?"

답이야 그럴듯했지만 그때의 나는 억울함과 죄책감이 극에 달해있었다. 사회가 좀 더 성숙하기 전에 태어난 것도 억울하고 결혼을 하지

엄마가 되자마자 일어나는 일

말았어야 했나 하는 생각이 들 정도로 나만 모르는 '기회'를 잃고 있는 것 같아 불안했다.

전쟁도 이런 전쟁이 없는데, 평화로운 얼굴로, 여유롭게 보이려니 속이 터졌다. 한 번만 더 '훅' 하고 바람을 넣으면 '펑' 터질 것 같은 풍선처럼, 팽팽하고 불안했다.

"네, 제가 해볼게요." 평소 맡고 싶었던 일을 상사가 지시한다. 잘 해내서 인정받아야지 하는데 전화가 울린다. "애기 엄마, 빨리 좀 와야겠어. 애가 이상해." 그런 와중에도 고민한다. 약 먹이는 거 이외에 내가 할 수 있는 게 없는데, 그냥 야근해? 하지만 전화 너머로 들려오는 아주머니의 다급한 목소리는 이미 사무실에 퍼졌다. "이 과장, 집에 가봐. 이 일은 최 과장한테 시킬게." '아니요, 할 수 있어요'라고 말하고 싶지만 상사는 이미 부담스러워 하고 난 이미 프로의 대열에서 누락되었다. 컴퓨터도 끄지 못하고 가방 들고 100m 달리기 시작. 무엇보다 아이를 너무 사랑하니까.

"야, 너 대단하다. 어떻게 쌍둥이 키우면서 임용고시에 붙냐?" 후배는 쌍둥이를 낳았다. 도움받을 곳이 막막해 회사를 그만두고 아이를 키우며 임용고시를 준비했다. "언니, 발로 우유 먹여봤어? 난 한 손으로 큰애 우유 먹이고 발로 작은애 우유 먹이고 눈으로 공부했어. 애들 재우고 공부하느라 씻지도 못했어. 그때 남편이 지방 근무일 때라 정말 스펙터클 했지. 이제 어린이집 다니니깐 좀 나아."

"그래, 니 똥 굵다"고 말해주고 싶은데 입이 안 다물어진다. 쌍둥이는 정말로 쉽지 않다. 똑같은 게 두 개 있어야 하고 한 놈이 울면 한 놈이 따라 울고, 무슨 일이든 동시다발로 움직인다. 그 무섭다는 쌍둥이를 혼자 키우면서 임용고시에 합격했다니. 이건 불가능한 일이다. 하긴, 후배는 원래 밥값, 화장품값보다 책값이 많이 들었고 대학원도 두 개를 다녔었다.

그리고 7~8년이 흘러 결혼식에서 만난 후배. "언니, 나 요즘 대학원 다녀. 교감도 하고 싶고 교장도 하고 싶거든. 이제 애들 다 커서 지들이 알아서 하거든." 또 공부병이 도졌구나. 대학원만 3개째다. 욕을 해주고 싶었는데, 실패했다. 쓸데없는 존경심이 무럭무럭, 감탄사가 연달아 나온다. "넌 도대체 하루가 몇 시간이냐? 야, 근데, 너 같은 여자들 때문에 죽어라 살고 있는 우리가 욕먹는 거야. 대충 좀 살아." 매니큐어를 바르고 있을 손에 책이, 예쁜 코트를 걸치고 있어야 할 어깨에 여전히 배낭을 메고 다니는 후배는 너무 말랐다. 학보사에서 사진을 담당해서 누구보다 튼실했던 허벅지는 어느새 나보다 더 사소해졌다.

○

엄마들은 알뜰하게(심하게) 24시간을 사용한다. 대신 잠을 포기하거나 건강을 포기한다. 그래서 늘 피곤하고 맥이 없다. "엄마, 피곤해. 좀만 잘게. 거실에서 토마스와 기차들 조금만 더 볼래?" 주말이면 유독 일찍 일어나는 아이에게 귀가 따갑도록 부탁했다. 엄마의 주말은 잠자는 시간이란 걸 알게 되었을 때 아이는 더 이상 놀아달라고 조르지 않고 조용히 안방 문을 닫아주었다.

"나, 피곤해서 자려고… 우리 담에 보자." 친구들의 전화에도 나갈 수가 없다. 주중에 불꽃처럼 열심히 살다 보니 주말이면 온몸이 타들어 갔다. 피곤하면 걸리는 모든 병을 달고 살았다. 그런데 일은 점점 재밌고 욕심이 났다. 조금만 더 가면 뭔가가 될 것도 같았다. 회사는 그렇게 말했다.

○

작은아이가 서점에 가고 싶다는 소리에 벌떡 일어났다. 장난감이나 만화와 친했던 첫째와 달리 작은아이는 책을 즐긴다. 이런 비교를 하면 큰아이는 그런다. "난 혼자 컸어. 뭐, 엄마가 없었지. 내가 왜 레고를 좋아했는지 알아? 혼자 놀기에 좋거든. 만화는 엄마 기다리면서 본 거고." 뒤통수를 후려갈겼지만 실은 아주 많이 뜨끔했다. 네가 좋아하는 레고 사 줄 돈 벌러 다녔다고 응수했지만 여드름이 성성한 큰아이는 다 안다는 듯이 피식 웃는다.

어쨌거나 작은아이에게는 만화책이든 뭐든, 책과의 거리를 가까이 해주겠다는 결심에 졸린 눈으로 따라나섰다. 둘째를 아이들 책 코너에 두고 서점을 어슬렁거리는데 제목 하나가 눈에 들어온다. 『피로사회』. 책갈피에 이런 문구가 있다. "피로사회는 자기 착취의 사회다. 피로사회에서 현대인은 피해자인 동시에 가해자이다."

105

저자인 독일 베를린예술대학교의 한병철 교수는 이렇게 말했다.

> 과거의 사회가 금지에 의해 이루어진 부정의 사회였다면, 성과 사회
> 는 '할 수 있다'는 것이 최상의 가치가 된 긍정의 사회이다. 이 사회에
> 서는 성공하라는 것이 남아 있는 유일한 규율이며, 성공을 위해서 가
> 장 강조되는 것이 바로 긍정의 정신이다("Yes, we can!"). 그러나 긍
> 정성은 긍정성의 과잉으로 귀결되며 타자의 위협이나 억압과는 다
> 른 의미에서 자아를 짓누른다. 오직 자신의 능력과 성과를 통해서 주
> 체로서의 존재감을 확인하려는 자아는 피로해지고, 스스로 설정한
> 요구에 부응하지 못하는 좌절감은 우울증을 낳는다.

바로 이거였어. 일도 잘하고 좋은 엄마여야 한다는, 내가 나에게 가
한 압박과 착취. 나는 피해자인 동시에 가해자였어. 일과 아이, 그 어
느 것도 포기하고 싶지 않으니 늘 부족해서 자책하다 피로해진 상태.
잠이 확 깼다.

○

"부장님. 이제야 하는 말인데요. 부장님 그동안 너무 하셨어요. 야
근에 회식에. 어디 아프지도 않으시고. 출산 휴가 달랑 3개월. 그것도
다 채우지 않고 나오시고. 육아 휴직도 앞장서 쓰셨어야죠. 애들은 도

대체 일주일에 몇 번 보신 거예요?" 후배들은 퇴직 인사를 하는 나에게 농담처럼 진담을 건넸다.

90년대 말이었던 걸로 기억한다. 어느 부서장이 여자 사원들 업무 태도를 꼬집으며 다음에는 절대 여자 사원을 받지 않겠다고 말했다. 그때 이후론 '최고참인 내가 잘못하면 내 후배들이 죄다 욕먹겠구나' 하고 생각했다. 게다가 상사들이 늘 "네가 잘해야 후배들에게도 기회가 생겨"라고 말하는 통에 정말 열심히, 바르게 일했다. '여자'라는 소리 듣기 싫어서. 애기 엄마가 무섭다는 소리까지 들으며.

그런데 그런 나 때문에 후배들은 힘들었다고 한다. 이제 와서 보니 그런 것 같다. 나와 더불어 후배들을 위한 일이라 생각했던 일이 혼자 열심인 척했던 게 되어버렸고, 당연히 누려야 할 법적 권리까지 포기하고 조직의 인식을 극단으로 몰았다. '성공하려면 가정이 있는 척하지 마라.' 물을 흐린 거다.

며칠 야근을 하고 있으면 동료들은 지나가며 "아니, 도대체 무슨 영광을 보려고 그래? 애들은 안 봐? 이렇게 늦으면 남편은 뭐라 안 하나? 역시 욕심 많아"라며 지나갔다. 비슷한 시간에 퇴근하면서, 본인들은 열심히 일하는 거고 나는 '비정한 엄마'에 '무심한 아내'에 '욕심 많은' 직장인으로 만들었다. '나 참, 그러든 말든, 그래, 더 열심히 일하자.' 어리석은 건지 현명한 건지, 그땐 그렇게 생각했다.

○

    원래 동시에 두 가지를 하는 깜냥은 못 되는데 갈수록 멀티태스킹에 익숙해졌다. 보고서를 쓰다가 세금을 내고 심각한 회의를 하면서도 후배들에게 문자로 일의 진행 여부를 따져 물었다. 집에서는 양쪽 방을 오가며 큰아이 숙제를 봐주고 작은아이 책을 연기하듯 읽어줬다. 그야말로 톱니바퀴 물리듯 돌아가는 멀티태스킹. 그런데 어느 때부터인가 엄청난 피로감이 느껴졌다. 남에게 나눠줘야 할 일을 나에게 들이부은 결과는 번 아웃. 방광염으로 병원에 갔다. 의사가 묻는다. "대체, 직업이 어떻게 되세요? 무슨 일을 하시길래… 피로 수치가 엄청 높은데 모르셨나요?"

큰아이는 늘 4~5시쯤 전화를 했다. "엄마, 나 피자 시켜 먹어도 돼?" 오랜 시간 통화가 불가능하니 무조건 "시켜 먹어" 하고 끊었다. 지금도 큰아이는 둘째와 다르게 패스트푸드를 좋아한다. 채소에는 눈길을 잘 안 준다.

그런데 아이는 생각보다 건강하게 자라줬다. 내버려 둬서 미안하다고 생각하는 그 시간, 친구들과 달리 학업 스트레스에서 자유로웠다고 했다. 좋아하는 축구를 즐기고 게임을 맘껏 했다. 큰아이는 "난 9시까지 마당에서 뛰어놀았어. 그때 엄마가 있었으면 난 더 망가졌을지 몰라. 엄마가 바빠서 다행이야" 하며 어깨에 팔을 두른다. 고 녀석 참. 언제 이렇게 컸지?

승진을 양보해주자고 한다.

상무님 호출이란다. 급히 달려가니 "이 대리, 미안하다. 이 대리가 일 열심히 하는 건 알지만 다들 남자고 가장들이니. 이 대리는 군대도 안 다녀오고, 지금 승격하면 너무 빠르잖아. 한 해 더 고생하고 내년에 하자"라고 한다.

그러니까, 오전에 발표 난 과장 승격 대상자에 나도 있었다는 것이고 다른 사람들은 다 '사정'이 있고 이 대리는 '나이도 젊으니' 양보를 해주면 좋겠다는 얘기였다. 이미 발표가 났는데 웬 양보? 이미 끝난 상황에 상무님은 굳이 양보라는 말을 곱게 써주신다.

승격에 목숨 걸 때가 아니었는데도 갑자기 기분이 묘해졌다. 진심으로 존경하고 지금도 여전히 존경하는 상사지만 앞뒤가 맞지 않는 설명에 혼란스러웠다. "가장? 승격이랑 무슨 상관있지? 군대 안 갔다 온 거? 승격이랑 무슨 상관이지?" 여러 의문이 들었다.

차라리 얘기나 해주지 말던가. 상무님은 나름대로 고민이 많으셨나 보다. 해맑게 웃으며 선배들에게 축하 인사를 건네는 나를 불러 굳이 그 고민을 나눠주셨다.

그래, 한편으로는 이해가 되었다. 아빠가, 남편이 과장이 되면 가족들이 행복할 거야. 난 아직 결혼도 안 했으니 괜찮아. 그럼 나도 군대 다녀와야 하나? 군대 경력이 이렇게 인정을 받는 거였어? 그래도 상무님이 먼저 이야기를 꺼내준 거는 감사한 거야. 등등. 근데 시간이 지날수록 억울했다. 그러다 슬퍼졌다.

○

"이 부장이 남자면 참 좋겠네. 경력 관리를 생각하면 현장 부서장으로 보내야 하는데 여자고, 아이도 있고 그건 좀 무리네. S전자 인사팀 박 부장은 S대 출신이라는데, 이 부장은 그게 아니니 대표적인 성과를 만들어야 임원을 달지. 큰 거 한 방 터뜨려봐." A전무는 나의 대답이 필요 없는 얘기를 구구절절이 한다.

이거 지금 배려인 건가? 그리고, 내 승진 문제에 왜 S전자의 S대 출신 박 부장이 거론되지? 다른 남자 동료들은 우리 회사 동료들과 경쟁

엄마가 되자마자 일어나는 일

하고 난 본 적도 없는 S전자의 박 부장이랑 경쟁해야 하는 거야? 지금이라도 수능 쳐서 S대를 가야 하나?

그리고 다시 의문이 들었다. 여자라서, 아이가 있어서인가? 아니면 나의 능력이 못 미더워서인가? 아니면 그 둘 다인가? 혹시 여태껏 나에 대한 후한 평가는 여자인 것에 비해 잘하는 것이고 그래서 막상 어려운 자리를 맡기려니 여자라는 이유를 들어 넌지시 밀어내는 건가? 하하. 사회는 종종 포장을 너무 잘한다. 하긴 모든 일은 귀에 걸면 귀걸이, 코에 걸면 코걸이다. 나 역시 그런 일을 해봤으니 그 경계가 참으로 모호하다는 것쯤은 안다.

○

늘 빚진 사람 같다. "엄마, 늦어서 미안해", "저 오늘 출근해야 해요. 토요일인데 죄송해요. 4시까지는 올 수 있어요." 육아 도우미께도 미안하고 아이에게도 미안하고 남편에게도 미안하다. 심지어 회사에도 미안하다.

일을 받는 입장은 그래도 낫다. 욕하면 그만이지만. 고참이 되면 일을 시키고 퇴근해야 하는 상황에 온몸이 따갑다. 남아 있는 후배들 때문에 엉덩이가 떨어지지 않는다. 결국 밤 9시쯤 중간본을 집에서 받아 마지막을 마무리하는 것으로 절충하고 서둘러 퇴근한다. 9시부터는 놀아달라는 둘째를 야단치고 방에서 내보낸 뒤 일을 시작한다. 남편은 도대체 무슨 일을 하는데 그렇게 바쁜지 궁금해한다. 나도 잘 모르겠다. 늘 이렇게 바쁜데 무슨 일을 하는지, 그리고 왜 욕을 먹는지도. 정당한 방정식은 실종된 지 오래다.

○

한 남자의 성공 뒤에는 한 여자의 희생이 있다고 하고 한 여자의 성공 뒤에는 여자 셋의 희생이 필요하다고 한다. 좀 더 무섭게 표현하면 여자의 성공은 다른 여자의 희생을 숙주로 한다.

그 존재가 시어머니든, 친정엄마든, 제3의 인물이든, '밥하는 여자, 아이 돌봐주는 여자' 없이 성공한 여자는 없다. 철의 여인이라고 불리는 대처 수상이나 장관, 국회의원, 기업의 사장님들은 육아, 가정사를 대체 어떻게 해결할까?(밥, 설거지, 청소 따위를 궁금해하는 것이 아니다) 내겐 국제 정세. 경제, 환경 문제보다 더 궁금한 일이다.

○

세상이 달라지고 있다. 여성의 사회 활동을 지원하는 정책이 시행되고 인위적으로라도 높은 자리에 여성의 수를 늘려간다. 그러나 그 자리에 오르기까지 엄마들은 여전히 미안하고 억울하다. 죄다 개인의 몫, 여자의 그릇으로 평가받으니 강인한 여자들은 좀 더 버텨낼 것이고 억울하고 미안한 마음을 조절할 수 없는 엄마들은 서서히 계단을 내려온다.

엄마들이 회사에서 리더가 되는 시기, 우리 아이들은 어느덧 훌쩍 자라 양육이 아닌 교육의 문턱에 들어선다. 아이는 더 이상 잘 먹고, 건강하기만 할 수는 없다. 공부도 해야 하고 친구 관계도 중요하고 이성에 대한 감정도 생긴다. 감정적 양육자가 필요하다. 문제는 감정은 육체적 보호와 달리 그 문을 열고 닫는데 시간이 필요하다는 거다. 한번 닫힌 아이의 입을 여는 데는 족히 2년은 걸린다.

남편의 육아 권리를 100% 인정해주고 싶지만 가정의 일을 반반씩, 무 자르듯 나눌 수 있는 부부가 얼마나 되겠는가? 아무리 친정엄마, 시어머니, 육아 도우미가 있어도 이들 역시 엄마들의 결재를 기다리는 사람들이다. 억울할 일, 미안할 일은 시간이 갈수록 늘어간다.

"축구가 좋아? 엄마가 좋아?" 재미 삼아 던진 엄마의 질문에 큰아이는 한 치의 망설임도 없다. "당연히 축구지." 수비와 공격의 절묘한 조화, 숨 가쁘게 움직이는 플레이, 오랜 기다림 끝, 골이 터졌을 때의 짜릿함이 바로 '축구'라고 침을 튀기며 말한다. 공격만큼 수비가 중요하고 슈터만큼 미드필더의 역할이 중요하단다. "에이, 그래도 골넣는 사람이 멋지지"라고 했더니 "우리 영웅 박지성 형님도 맨유에서 미드필더였거든" 하며 소리 지른다. 친절하게 축동(축구 동영상)을 열어 중계까지 해준다.

2002년 월드컵 4강 진출은 한국 축구계의, 아니 한국의 신화였다. 그 화제의 중심에는 히딩크 리더십이 있었다. 사람들은 '한강의 기적'

이후 최고의 기적이라고 했다. 조직 성과에서 리더가 얼마나 중요한 역할을 하는지를 드라마틱하게 보여줬다. 시청 한가운데서 부른 배를 안고 응원을 해서 그런가? 큰아이는 세상에서 축구를 가장 사랑한다.

○

"한국 사람이죠?", "어떻게 아셨어요?", "얼굴 보면 알아요." 홍콩 출장, 업무를 마치고 쇼핑몰에 들러 옷을 고르던 나에게 점원이 말을 걸었다. 한쪽에 걸린 전지현 브로마이드를 가리키며 한국 여자들은 딱 보면 알 수 있다고 했다.

해외에 나가보면 한류의 위대함을 온몸으로 느낄 수 있다. 예전에는 공항 광고판, 카트에 있는 대기업 회사 로고를 보는 것이 전부였지만 요즘은 어디에 가도 한국 드라마가 나오고 한국 예능을 패러디한 현지물을 볼 수 있다. 쇼핑몰 곳곳에는 한류 스타들의 실물 크기 모형이 서 있다. 그야말로 한류는 위대하다. 나를 전지현과 동급으로 만들어 놓다니. 일면식도 없는 전지현 씨에게는 정말 미안한 일이다.

이렇게 무시무시한 속도로 세계의 문화 권력이 된 한류의 성공 요인을 파헤쳐 보면 대체로 '협업'과 '자율성'이 꼽힌다. 감독이 배우와 스태프의 자율을 존중하니 각본, 카메라, 조명, 소품 등 모든 분야의 협업이 원활하고 그 결과 스릴러, 타임 슬립, 반전 등 다양한 소재의 창작물이 탄생했다고 한다.

○

혼밥, 혼술이라는 단어를 처음 들었을 때, 새로운 폭탄주 제조법이 나왔나 했다. 정확한 내용을 듣고 나니 몇 년 전 뉴스에서 본 일본 식당이 떠올랐다. 독서실처럼 개인 칸막이가 있고 양복을 입은 중년의 신사들이 조용히 식사와 한 잔의 술을 즐기는 모습이었다. 남자들의 세계를 즐기나 했는데 그게 아니란다. 같이 먹어줄, 마셔줄 사람도 마땅치 않고 싫은 사람과 억지로 자리를 하느니 혼자 음식을 음미하는 것이 낫다는 이유라고 했다.

하버드 대학의 연구 결과에 따르면 타인으로부터 고립된 사람들은 중년기 건강이 더 빨리 악화되고 뇌 기능이 저하됨은 물론 수명까지 짧아진다고 한다. 혼자 오래 산 드라큘라가 왜 성격이 좋지 않은지 이해된다.

○

옆 부서의 박 부장은 최 과장을 아낀다. 나 역시 최 과장의 깔끔한 일 처리에 대해 익히 들어 알고 있다. 상사의 마음에 흡족한 답을 만들어 오고 한 번도 기한을 어긴 적이 없다. 그러나 박 부장은 "최 과장은 일도 잘하고 다 좋은데, 너무 개인적이어서 상사인 나도 좀 어려워. 부하들에게도 꼬장꼬장하고 타 부서하고도 마찰을 일으키고. 부서 공통의 일에도 일일이 따지면서 좀처럼 희생하는 법이 없어. 주위와 좀 협력해야 하는데, 그게 좀 아쉽네"라며 차장 승격 여부를 놓고 고민이라고 말한다.

그런 최 과장으로 기억에 남았는데, 4년 만에 만난 최 차장은 달라져 있었다. "일은 혼자 하는 게 아니란 걸 알았어요. 대리, 과장 때는 나만 잘하면 됐지만 갈수록 같이 일하는 게 중요하더라구요. 남자들은 군대 생활이나 운동 경기를 하며 판의 규칙을 읽는 방법을 배우는데 저희는 그럴 기회가 많지 않잖아요. 저는 그동안 레슬링 경기처럼 혼자 힘들게 버티고만 있었던 것 같아요. 일어나 보니 다들 공을 주고받으며 일하고 있었어요. 왜 등 위에 잔뜩 짐을 얹고 그 고생을 했나 싶어요."

와. 빙고. 최 차장은 '자기 우물'에서 탈출하는 열쇠를 찾아냈다. 일만 잘한다고 자리를 얻어낼 수 있다고 생각하면 오산이다. 일을 잘하면 시간이 지나 어느 자리에든 앉게 되겠지만 일의 양이 많아지고 더 좋은 성과를 내려면 내 손이 아닌 남의 손과 머리를 빌려야 한다.

남의 손을 빌려 본 적 없는 수많은 최 과장들은 결국 지쳐갈 것이다. 남의 부족함을 탓하거나 조직을 상대로 손가락질할지도 모른다. 날 알아주지 않는 조직과 부하들에게 자리 텃세를 부릴지도 모르겠다. 일 잘했던, 똑똑한 여자들은 그렇게 리더가 되지 못한다.

지금의 최 차장은 여유롭게 일하며 유들유들하게 타 부서와의 힘겨

루기에 나설 것이고 그 성과를 상사와의 협상 테이블에서 유용하게 써먹을 것이다. 리더십이란 나의 부족함을 남에게서 빌려 쓰는 기술 이므로.

엄마가 되자마자 일어나는 일

빅뱅, 방탄소년단은 정말 위대하다. 5~7명이 칼 군무를 정확히 맞추고 작곡, 랩, 노래, 등 전문 영역의 수준도 상당하다. 만약 그들이 회사원이 된다면 임원까지는 무난히 갈 것이다. 자율과 협업의 균형이 바로 리더십이니까.

새로운 걸 무시하면 꼰대가 된다

냉장고를 바꿨다. 17년 동안 우리 집 식구 노릇을 해온 녀석을 버리려니 마음이 쓸쓸하다. 작은아이도 코를 훌쩍인다. 자기보다 우리 집에서 오래 산 냉장고를 왜 버리느냐고. 잘 두었다가 자기 결혼할 때 달란다. 큰일 날 소리. 둘째는 사람이나 물건에 정이 깊다. 그런데 막상 새 냉장고가 들어오니 눈빛이 초롱거린다. 저렇게 금방 새 물건에 정이 들다니.

옛 냉장고에서 음식을 꺼내기 시작하니 끝없이 뭔가 나온다. 그 작은 냉장고에 뭐가 이리 많이 들어간 건지. 흉물스러운 모양의, 원래 종목이 무엇이었는지 알 수 없는 것도 몇 나온다. 나름 깔끔하게 산다고 생각했는데 위생 의식에 균열이 생긴다.

새 냉장고에는 가능한 음식을 구겨 넣는 일이 없도록, 그래서 애꿎게 버려지는 음식이 없도록 조심하는데, 용량이 커지니 또 '나중에 먹어야지' 하고 냉장고로 유배 보내는 경우가 잦아진다.

한때 냉장고 파먹기가 유행했다. 며칠 동안 장을 보지 않고 냉장고에 있는 재료로 며칠을 버티는 것이다. 해보니 신기하게도 얼마간은 문제없이 살아진다. 그러다 정말 먹을 게 없어 가득 장을 봐 냉장고를 채워 놓으니 아이들부터가 신이 났다. 나 역시 먹을 것이 떨어지면 어쩌나 하는 불안감에서 해방된다. 6.25를 겪은 엄마들은 늘 먹을 것이 떨어지지 않도록 살림했다. 우리 세대의 엄마들도 지진에 놀란 이후로 생존 가방과 함께 음식을 넉넉히 준비해 놓는다.

○

"난 이 뼈들 볼 때마다 무서워. 내 뼈도 이런 거 아닌가 싶어서." 겨울로 접어들어 떡국 생각에 소꼬리를 삶고 있는데 놀러 온 옆집 엄마가 구멍이 숭숭 뚫린 뼈들을 보며 한숨을 내쉰다. 출산을 했고 나이도 어느 정도 있다 보니 관절염, 골다공증 진단을 받는 동년배들이 꽤 있다. 나도 별반 다르지 않다.

갑자기 몇 년 전 생각에 피식 웃음이 났다. 후배와 업무로 논쟁을 벌이는데 후배가 웃으며 "부장님, 요즘 '예전에 말이야'라는 말 무지하게 쓰는 거 아세요? 우려먹는 거 싫어하시더니 요즘 자꾸 예전에 했던 거

다시 하고 싶어 하시네요. 쉽게 오케이 하시고" 하는데, 화를 낼 수 없었다. 화내면 속 좁은 상사가 될 것 같고 무엇보다 사실이었으니까.

당시 나는 영혼이 탈탈 털린 상태였다. 반복되는 일에 지쳐 체력은 바닥이었고 새로운 지식을 얻고 도전하기엔 너무 무기력했다. 내가 아무리 업무를 '정의롭게' 한다 해도 'Ctrl C + Ctrl V' 하는 동료들에 비해 더 나은 것도 없어 보이고 무엇보다 '정의로움'은 아무도 알아주지 않는 가치라는 걸 깨달았다.

"야, 니가 몰라서 그러는데 우려내면 우려낼수록 진국 나와"라고 얼버무렸지만 집에 오는 길, 마음이 싸했다. 진국이라고 했지만 우려내면 우려낼수록 뼈에 구멍이 숭숭 뚫리는 건 어떻게 설명해야 할까. 머릿속은 구멍이 숭숭 뚫리고 마음에는 불꽃 하나 없는데 많은 일도 쉽게 처리해내는 전문가가 되어 간다고 착각했던 것 같다.

○

승진한 상사가 술자리가 파할 즈음 이렇게 말했다. "나는 우리 부서 후배들 덕에 이 자리에 오른 거야. 내 텅 빈 깡통을 채워줘서 고맙네." 빈말이라도, 취기가 올랐어도 감사했다. 상사는 깡통이 아니었다. 늘 새로운 것을 궁금해했고 후배들에게 그것을 지시했다. 업무도 바쁜데 뭘 또 시키나 짜증이 났지만 공포감을 조성해 성과를 내는 상사와 일해보니 그 소중함을 알게 됐다. 포장만 바꿔서 일하니 아무 맛도 나지 않았다. 냉장고에 있는 재료들로 아무리 양념을 치고 볶아대도 재료의 신선도가 떨어지니 제대로 된 맛이 날 리 만무한 것처럼.

"내가 미안했다. 이제부터 공부 좀 할게. 컨퍼런스도 가고 책도 읽고 너희들이 해보자고 하는 거 힘들다는 이유로 비껴가지 않을게. 대신 현실적으로 불가능한 건 서로 합의를 좀 하자고." 회의를 시작하며 이렇게 말했더니 논쟁을 벌였던 후배가 무릎 꿇는 시늉을 하며 말한다. "부장님, 왜 이러세요. 제가 잘못했어요."

그러라고 말한 거 아닌데. 진짜 깡통들은 자기가 깡통인 줄 모르니까, 깡통이 아닌 사람들만 깡통이 되지 않으려고 노력하는 것이니 내가 깡통은 아니라는 말을 하고 싶었던 거였는데, 공포 정치를 한 꼴이 되었다.

존경을 받았던 이유로 비난을 받는 것만큼 무서운 건 없다. 21세기의 '문맹'은 재학습하지 않는 사람이라고 하지 않던가. 파먹기만 하고 채우지 않으면 구멍이 숭숭 뚫리고 그 구멍을 막기 위해 공포, 정치가 개입한다. 남자들이 오랜 역사를 통해 그렇게 '자리'에 올랐다 해도 굳이 나쁜 걸 흉내 낼 필요는 없지 않은가. 그것도 실력이라고 우겨도 넘어가면 안 된다. 조용히 내 구멍부터 메꾸면 될 일이다.

○

"아, 우리 팀장은 퍼센트 물어서 답 못하면 죽음이야. 왜 그렇게 퍼센트에 집착하는지 모르겠어. 아침 회의 전에 안 외우고 들어가면 박살 나." 카페에 들이닥친 넥타이 부대는 커피 한 모금에 상사 세 번을 씹는다. 웃음이 난다. 어느 조직이나 그런 사람은 꼭 있나 보다.

리더가 작은 것에 집착하면 부하들은 처음에는 그 디테일함에 감탄하지만 시간이 갈수록 그 쫀잔함에 짜증이 난다. 과거를 파먹기 시작하면 꼰대로 간다. 리더는 모름지기 미래를 채워야 하는 법.

엄마가 되자마자 일어나는 일

'댓글'이 뭐길래, 어떤 사람은 자살을 하고 누구는 구속을 당한
다. 가장 무서운 댓글은 팬이 안티가 되어 올리는 것이란다. 자
신감이 부족함이 되고 장점이 단점이 되는 건 어려운 일이 아니
다. 부지런히 채우지 않으면 순식간이다.

불안하면 옆을 보지 못한다.

　토끼와 거북이는 한국 사람들에게 사랑받는 롱런 브랜드다. 잘 살고 싶었던 시절, 우리에게 가장 필요했던 '성실' 코드와 딱 맞아떨어졌기 때문이 아닐까. 경쟁 구도에서 '노력'하면 타고난 재능과 상관없이 이길 수 있다는 희망을 심어준 아름다운 이야기. 그래서 지금은 슬픈 이야기.

　여러 책에서 말하는 성공 습관을 접하고 든 생각은 '대단하다. 나도 저렇게 성공해야지'가 아니라 '아, 난 성공 못 하겠구나'였다. 위인전을 읽을 때도 비슷했다. 그들은 하나같이 떡잎부터 특별했다. 어려운 환경에서 태어났지만, 자는 시간마저 쪼개 신화를 일궜다. 한국 위인들은 대부분 그랬다. 반면 외국 위인들은 어린 시절에는 두각을 나타

엄마가 되자마자 일어나는 일

내지 못하다가 위대한 스승을 만나 자신의 잠재력을 발견한다는 흐름이 주를 이뤘다.

○

"나이가 들고 지위가 높아지면 가진 것도 많은데, 왜 사람이 갈수록 쪼잔해지는지 모르겠어요." 외국계 회사에 다니는 A과장은 나와 비슷한 동년배의 상사를 두고 있다. 나로서는 편을 들 수도, 욕할 수도 없었다. "지위가 높아질수록 사람은 더 불안해져. 경쟁자는 나보다 잘 나가는 것 같지, 상사의 저울질은 심해지지, 할 일은 많아지지. 그래서 그런 거야. 애들도 초등학생이라니 지금이 제일 힘들 때라 그럴 거야. 이해 좀 해드려." 그 뒤로 A과장은 상사 뒷담화에 지퍼를 채웠다. 본 적도 없는 사이인데, 괜히 편들었나 싶었다.

아이들이 커가니 유치원 추첨에도 가야 하고 초등학교 입학식에도, 총회와 상담에도 가야하고 학원 테스트, 설명회에도 가야 한다. 그 대부분을 과감하게 넘겼더니 상담 때마다 우리 집 아이들은 '대기만성형'이라는 소리를 들었다. 처음에는 선생님의 완곡한 표현을 이해하지 못했다. 이내 그 진위를 알아채고는 가장 중요한 시기에 엄마의 부재 때문에 가능성 무궁무진한 내 아이들이 잘못 크고 있는 건 아닐까 불안해졌다.

회사 일도 마찬가지였다. 이제껏 잘해왔는데, 왜 길이 막히는 것 같지? 이제 얼마 안 남았는데, 막판에 잘해야 되는데, 하는 생각이 돌덩이처럼 가슴을 눌렀다. 짐짓 여유 있는 척, 착한 척했지만 마음은 밧줄에 감겨 있었다.

거북이들은 토끼가 잠에서 깨어날까 봐 불안하다. 그래서 한 번도 쉬지 않고 등골 빠지도록 느림보 걸음으로 걷고 또 걷는다. 지름길이 있는지, 수영으로 거리를 만회할 강이 근처에 있는지 알아볼 생각도 하지 못한다. 그저 같은 길을 같은 조건으로 토끼와 경쟁한다. 술자리에도 빠지면 안 되고 어려운 일을 해내는 데도 이름을 올려야 했다. 불안함 때문이었다. 빠지는 건 못하는 것처럼 보일까봐.

○

외국어를 한국어로 들으면 가끔 이상하게 들린다. 알랭 드 보통 Alain de Botton. 스위스에서 태어나 영국에서 공부하고 프랑스의 예술 문화훈장을 수상한, 나보다 한 살 많은 그. 유명한 소설가인지 철학자인지 헷갈리는, 글을 쓰는 '보통'이 사실 보통이 아니란 걸 알게 된 건 이 책을 읽었을 때였다. 『불안』.

우리의 삶은 불안을 떨쳐내고, 새로운 불안을 맞아들이고, 또다시 그
것을 떨쳐내는 과정의 연속인지도 모른다. 경제적 성취 정도에 의해,
즉 돈을 얼마나 벌었느냐에 따라 자연스럽게 지위가 구분되기 시작

한 시기가 있었다. 그 시점부터 인간은 새로운 불안의 영역에 들어서게 된다. 여기에서 중요한 것은 '내가 나를 어떻게 보느냐'가 아니라, '세상이 나를 어떻게 보느냐'다.

출퇴근길에 읽기 시작했는데, 제목 때문에 대놓고 펼치지도 못했다. 혹시 지금 내가 불안해 보일까 봐.

알랭 드 보통은 불안이 생기는 원인 다섯 가지를 언급했다. 사랑 결핍, 속물근성, 기대, 능력주의, 불확실성. 기대와 능력주의 면에서 한국인들은 저자의 해석보다 그 이상의 경향을 보인다. 나에 대한 평가자는 대개 '나'를 제외한 '우리'여서, '나는 소중해, 나는 일을 잘해'라는 스스로의 평가 따위는 중요하지 않다. 일은 전혀 객관적으로 하지 않으면서 평가의 잣대만 객관적인 지표를 신뢰하는 사회가 못마땅하지만 어쩌겠나.

타인의 평가, 사회적 지위, 성취에 반응하는데 길들여지니 그것이 진짜 내가 원하는 목표라고 착각한다. 그렇게 많은 사람들이 자연스레 거북이가 된다. 질투심, 경쟁심을 활용하는 데도 최선을 다한다. 남이 못해야 자동으로 내가 잘하게 되는 시소게임, 제로섬 게임에 익숙해지니 잘하는 사람을 보면 축하의 마음보다 내 몫을 빼앗길 것 같아 불안해진다. 원인을 알면서도 해결되지 않는 이 불안함이란.

○

보험 회사로 자리를 옮긴 동료에게 연락이 왔다. 반가운 마음에 약속 장소로 나갔는데 앉기도 전에 자녀 교육, 투자, 노후 대비에 대한 계획을 묻는다. 질문도 이해하기 힘들다. 이런저런 충고를 듣고 나니 '위험을 감수하고라도 투자해야 하나? 노후는 어떻게 하지? 이사를 해야 하나?' 여러 고민들이 꼬리를 문다. 젠장. 욕 나온다. 오랜만에 만나서 왜 이리 나를 불안하게 하는지. 뒤처질까 전전긍긍인 사람에게 차원이 다른 인생의 고민을 던지고 계약서를 꺼내놓고 홀연히 사라진다. 이것만 찍으면 뒤처진 인생이 조금이나마 만회가 될 것처럼.

생각해보니 그 동료는 영업 기술이 썩 좋지는 않았던 것 같다. 극도로 불안하면 도망가지, 대비하지 않는데, 결국 난 계약서에 도장을 찍지 못했다.

○

"균형 감각과 자신을 지키는 힘이 아닐까요?" 보직장 리더십 교육 시간에 리더십이 무엇이냐고 묻자 어느 부서장이 이런 답을 내놓았다. 보통은 '영향력, 깃발, 감독, 지휘자' 등 유추 가능한 답변이 나오는데, 이분은 좀 남달랐다. "리더십이 뭐 별거입니까? 고른 마음으로 고르게 봐주고 이 불안한 조직에서 나 자신을 지킬 수 있으면 되는 거 아닙니까?" 그리고 이어서 말했다. "자신을 객관적으로 볼 수 있어야 합니다. 그러면 부하들의 용비어천가도, 상사들이 쉽게 내뱉는 '가능성 있어. 내 밑으로 줄 서' 같은 말에도 좀 꿋꿋해지겠죠." 그래. 맞다.
불안한 사람은 협상 테이블에서 패한다. 상대의 패가 궁금해 내 패를
쉽게 여기기 때문이다. 거북이처럼 토끼가 깨어날까 봐 불안해하며
온종일을 기어가면 골병들고 결국은 지고 만다.

"무슨 과 보내야 해?" 엄마들은 4차 산업혁명이 가져올 미래의 변화, 특히 자식들의 직업을 걱정하느라 마음이 바쁘다. 세상은 컴퓨터의 등장에도, 휴대폰의 탄생에도, 곧 달나라에서 점심을 먹을 것처럼 호들갑을 떨었다. 사교육 학원만 불안 마케팅을 하는 게 아니다.

안 그래도 불안한 사람들, 더 이상 실체 없는 불안으로 눈 돌아가게 하지 않았으면 좋겠다.

4장

퇴사하고 집밥하고 육아하고

6월 30일

폭염은 참을 수 있는데, 맘속 땀은 어쩌나. 에어컨은 열심히 돌아가
고 있는데. 제대로 익혀 유산균 만들어야 하나. 차라리 더 더워져라.
발효되게.

○

7월 9일

몰입과 망각의 어원은 어쩌면 같은 사연을 가지고 있을지 모르겠
다. 인간은 내적 동기와 외적 환경이 중요하다지만 기막힌 합성과 변

형을 통해 재탄생되기 때문에 아무도 제대로 된 조합을 예측할 수 없다. 어쩌면 제대로 몰입하고 망각해내는 자신감이 필요하지 않을까? 아, 내릴 역을 지나쳤다. 이거 완전 망각과 몰입의 결정체네. 자신감만 어디서 사 오면 되는 건가?

○

7월 27일

놓는다는 게 쉬운 일은 아니다. 욕심이 아니라, 불안 때문이다. 그런데, 앞으로 내가 산 인생만큼 더 산다고 가정하면… 사춘기, 반항기, 그때 그러지 말걸, 하고 후회스러운 일들조차도 지금의 나를 만들었다고 치자면… 누구에게나 지금의 내 생각은 미래의 나에게 자양분이 되는 거다. 너무 업신여겨 미안하고 너무 부려먹어 미안하고 너무 주눅 들게 해서 미안하다. 이제 좀 제값 받고 살아 보려 한다.

○

7월 31일

토큰 하나 들여 옆 동네 시장을 가보기로 했다. 당분간 익숙하지 않은 지리에 헤맬 것이고 물건값을 속이는 약은 상인들에 농락당하겠지만, 그렇다고 이미 좌판 물건값을 모두 알아버린 옛 시간으로 돌아갈 수도 없으니까. 시장을 지나고 나면 백화점도 나올 거고 괜찮은 마트도 만나겠지. 정찰제니까, 속을 일은 없겠지?

○

수년째 잠자고 있는 SNS를 뒤적이니 이런 글들이 나온다. 그때의 나는 몹시 불안하고 많은 생각이 마음을 잠식하고 있었던 것 같다. 반복된 생각 끝에 21년 직장 생활에 종지부를 찍었다.

나의 퇴사를 가장 먼저 알아챈 사람은 옆집 아저씨다. 아침마다 엘리베이터 앞에 풍기던 향수 냄새가 어느 날부터 나질 않아 아내에게 옆집 아줌마가 아무래도 회사를 그만둔 것 같다고 했다고 한다. 들고 나는 일에는 티가 나는가 보다.

저게 저절로 붉어질 리는 없다
저 안에 태풍 몇 개
저 안에 천둥 몇 개
저 안에 벼락 몇 개

- 장석주, '대추 한 알' 중에서

결정 장애자, 퇴사는 쿨하게!

사람의 성격은 물건을 고를 때 고스란히 드러난다. 친구는 눈에 보이는 것을 집어 드는 반면 나는 처음으로 돌아오더라도 여러 물건을 비교하며 가격, 성능 등을 저울질한다. 아무리 친해도 쇼핑만큼은 같이할 수 없는 이유다. 친구는 어차피 살 거 왜 진을 빼느냐 하고, 나는 조금만 발품을 팔아도 더 나은 물건을 살 수 있다고 주장했다. 언제나 그렇게 친구의 명쾌함이 빛을 발했고 나는 결정 장애자가 되었다. 미래 천 원의 이익이 보장되더라도 현재 오백 원의 소비가 더 크게 느껴지니 나로서는 단숨에 문지방을 넘는 게 쉽지 않다. 고민의 시간은 길어졌고 심각한 문제 앞에서는 결정을 외면하거나 포기하기도 했다.

보통은 그랬다. 갈까 말까의 길이면 가지 않았고 살까 말까는 사지 않았으며 좀 더 곤란한 선택은 시간에 맡겼다. 시간이 흘러 결정을 놓친 거라고 편안하게 변명했다.

퇴사 소식을 들은 친구가 말했다. "야, 넌 몇만 원짜리 물건 살 때는 그렇게 재고 또 재면서, 이런 일은 결정이 그렇게 쉽디? 너, 완전 이상해"라며 평소 나의 잔소리를 토씨 하나 빼놓지 않고 되풀이했다. 기집애, 이렇게 복수를 해?

○

친한 동료들은 "그래. 축하해. 자기는 남편 있어 좋겠어"라고 했고 의심 많은 사람들은 "어디, 좋은 데 가지?"라고 물었고 후배들은 "어떻게 이러실 수 있어요?"라며 눈을 흘겼다. '남편 있어 좋겠다'는 동료와 '어디 좋은 데 가냐'는 사람에게는 참으로 할 말이 많았으나 구구절절한 변명 대신 애매한 미소로 이별을 고했다.

책상 서랍이나 책장 어딘가에 박혀 있는 개인 물품들을 하나씩 정리하니 덜렁 박스 두 개로 채비가 꾸려졌다. 그나마도 대부분이 업무 다이어리인데 연도가 박힌 21권을 싣고 회사 정문을 빠져나오니 얼음 같던 마음에, 쿨하던 얼굴에 태풍이 불기 시작했다.

태풍이 불면 해수면에 사는 물고기들은 잔치를 한다고 한다. 태풍은 해저의 차갑고 풍부한 영양분을 해수면으로 들어 올리는 역할

퇴사하고 집밥하고 육아하고

을 하기 때문이라고. 자연생태계에서 태풍과 같은 교란도 적당한 빈도로 필요하다고 한다. 이것을 생태계의 '중간교란가설intermediate disturbance hypothesis'이라 한다.

- 가톨릭대 김기찬 교수

그래. 지금 이 태풍은 분명 해저 밑바닥에서 잠자던 영양분을 끌어올려 줄 것이다. 단조롭던 나의 인생에 분기점이 될 것이며 누군가에게는 기회가 될 것이다. 즉, 나의 퇴사는 결정 장애자의 뜬금없는 반란이 아니라, 사회 생태계 '중간교란가설'의 실천인 셈이다.

혹시 알아, 다리에서 지느러미가 나오고 긴 머리 찰랑이며 인어공주가 될지, 그래서 바다 속에 숨어있는 보물선의 진귀한 보석들을 내 맘대로 팔아치울 수 있을지.

지금 난 퇴사했다. 자. 숨부터 고르고, 풍덩.

숨을 고르다

아줌마로 불리기 시작하다.

아는 이는 식당에 가면 인기가 좋다. 곱고 다소곳하게 "사장님" 하고 부른다. 진짜 사장님이 계시면 사장님이 뛰어오고 그렇지 않다 해도 '사장님' 소리에 야박할 사람은 없다. 거들먹거리며 푸른색 지폐를 건네는 손님보다 정 깊은 대접을 받는다. 접시가 비어갈 즈음이면 자동으로 추가 반찬이 날아온다. "사장님도 많이 드셔"라는 화답의 미소와 함께.

"아줌마!", "여기요!", "빨리 빨리요!" 같은 포악한 외침 속에서 '사장님' 하고 부르는 손님은 단골손님이 된다. 야박한 호칭을 쓰며 과분한 대접을 기대하는 건 잘못된 셈법이다.

○

지하철에서 누군가 "아줌마, 가방 열렸어요"라고 하는데 한참을 두리번거렸다. '혹시, 나? 어이쿠, 진짜 열렸네.' 고마움을 건넬 사이도 없이 '아줌마'를 부르던 아줌마는 역에서 내렸다.

아줌마는 참 적응하기 쉽지 않은 호칭이다. 특히 같은 아줌마, 아저씨끼리 살벌하게 아줌마, 아저씨를 부를 때면 "같은 편끼리 왜 이러세요!"라는 말이 튀어 나온다.

호칭은 그 사람의 현재 상태, 역할을 규정한다. 그런 점에서 현재 나는 그 나이대의 여자들에게 붙여지는 '아줌마'다. 아줌마이긴 한데, 꼭 아줌마여야 하나? '아줌마를 아줌마라 부르는데, 왜 아줌마라 부르냐 물으면 뭐라 대답해야 할지'라고 묻는 상대의 얼굴에 "근데, 저, 진짜 아줌마처럼 보여요?"라고 되물을 수도 없는 노릇.

○

가족의 의식주를 책임지는 노동을 주업으로 하며 지하철에서 빈자리가 나면 100m 달리기를 할 정도는 아니지만 굳이 사양하지 않을 정도인 것은 사실이다. 그렇다고 과거의 '이 부장님' 보다 인생을 보는 폭도 넓어졌고 상대의 입장에서 생각할 줄도 알고 작은 농담에도 커다랗게 웃어주는 여유도 생겼는데, 야박하게 '아줌마'라니. 지식은 짧아져도 지혜는 넓어졌고 사회적 권한은 줄어도 어떻게 하면 대한민국 국민으로 제대로 살아갈지를 고민하는데, '아줌마'라니. 철저한 분

리수거를 실천하고 거리에 떨어진 쓰레기도 그냥 지나치지 않는데, 표독스럽게 '아줌마'라니.

'아줌마'는 언젠가부터 나이든 '이기적이고 염치없는' 여자를 일컫는 대명사가 되었다. 그러나 모두가 상상하는 것처럼 아침부터 카페에서 커피 마시며 온종일 수다만 떠는(아주 가끔 그런 분이 계시긴 하다) 아줌마는 실제론 없다. 바삐 집안일을 하고 아픈 혈육을 돌보고 자녀의 교육을 고민하고 반찬값을 벌기 위해 알바를 하고 봉사를 하거나 제2의 삶을 준비하며 열심히 문화센터를 다닌다.

실천도 못 하는 이론 백단으로 무장한 사람들보다 훨씬 실존적이다. '엄마'는 위대한 영웅이면서 왜 같은 사람인 아줌마는 이기적이고 염치없는 존재가 되었는지 잘 모르겠다. 엄마였고 아줌마였으나 회사의 시간에 가려 한 번도 느끼지 못했던 것을 요즘은 건강한 '아줌마'의 이름으로 배워가고 있는데 말이다.

아줌마로 불려도 상관은 없다. 좀 더 우아한 호칭이 생기길 바라는 건 맞지만, 아줌마면 어떻고 사장님이면 어떻겠는가? 다만, 사장님으로 불러주면 사장님이 될 것이고 인정머리 없는 아줌마로 대하면 갑자기 인정 없는 아줌마가 될지도 모른다. 어쨌든 생각보다 아줌마들의 행동은 빠르고 마음은 올곧다는 것.

그런데 아직 정확히 알아내지 못한 게 있다. 요즘 소녀들도 그러지 않는데 굴러가는 쇠똥구리만 봐도 까르르 넘어가는 건 왜인지, 웬만한 장정들보다 힘은 또 왜 그리 센지, 웬만한 아저씨들보다 배포는 어찌 그리 크고 호탕한지. 자식을 낳고 기르고 가족을 돌보는 일은 사람을 크게 만드는 엄청난 시련의 과정인가 보다. 나도 곧 크게 웃고 힘도 세지고 배포도 커지겠지. 앗싸.

이모, 이모할머니 같은 외갓집 여자 어른을 칭하는 호칭은 이제
죄다 의식주의 노동을 대신하는 의미로 바뀌었다. 엄마들이 의
식주와 육아를 책임지니 외갓집 식구들이 동원되면서 시작되었
을 거라 추측한다. 정감 있는 호칭이긴 하지만 그 때문에 진짜
이모, 이모할머니는 늘 이런 질문을 받는다. "진짜 이모할머니
세요?" 아이를 돌보는 이모할머니도 가짜는 아닌데, 뭐라 대답
하면 좋을지. 관계 호칭을 마구잡이로 사용하는 건 좋은 선택이
아니다.

몸은 출근을 기억한다.

잘 생긴 남자 배우가 열연하는 드라마를 가장 좋아하지만 다큐멘터리나 고전 영화, 라이브 음악 방송도 즐겨본다. 의학 다큐를 보면 생전 처음 듣는 병명도 많고 치료 방법도 다양한 것에 놀란다. 연예인들이 낯선 병명으로 병역을 면제받거나 건강했던 톱스타들이 생소한 병으로 투병 중이라는 소식을 들으면 우리 몸에 그런 부위가 있고 병이 생긴다는 게 신기하다. 우리 몸에는 눈에 보이지는 않지만 전체의 톱니바퀴를 돌리는데 필요한 나사들이 생각보다 많은가 보다.

○

네일 아트. 가로세로 1cm 남짓한 손톱에 꽃이 피고 보석이 박히는 건 실로 경이롭다. 굳이 손톱에까지 이런 정성을 들일 필요가 있나 하는 생각이 들지만 막상 손톱, 발톱이 예술적으로 승화한 모습을 보면 손톱 하나로도 이렇게 자기애를 실천할 수 있구나 하는 생각이 든다. 정교한 문신이나 털을 제거하는 왁싱의 등장도 놀랍다. 사람의 '몸'에 대한 집착, 미를 추구하는 노력은 끝이 없는 것 같다. 나를 담는 그릇이니 당연한 대접일지 모르겠다. 사회가 발전할수록 뷰티 산업은 계절을 타지 않는 불변의 업종이라고 한다.

○

동이 터오면 저절로 눈이 떠진다. 퇴근 시간이 되면 집에서도 자동으로 시계에 눈이 간다. 해야 할 일을 끝내지 못하고 잠든 날은 다시는 만나고 싶지 않은 상사가 꿈에 등장한다. 내 몸이 출근을, 그때의 마음을 기억하고 있다. 몸의 시계는 쉽게 포맷되지 않는가 보다.

똑똑한 몸은 그동안의 푸대접에 성을 냈다. 병원 신세를 지며 깨달은 것은 몸은 논리적이기까지 하다는 거다. 함부로 대하면 몸뚱어리가 되고 정중히 대하면 강한 체력과 멋진 옷맵시로 보답한다. 원래의 건강을 회복할 수 있을까 걱정스러웠는데 적당한 운동과 영양가 있는 음식과 즐거운 마음으로 공을 들였더니 많은 나사들이 한꺼번에 드르륵 아귀를 맞췄다. 참으로 신통방통이다.

◯

　마음은 몸의 고용주다. 대개 마음이 몸에 명령을 내리니까 그렇다고 생각한다. 그러나 마음은 힘들 때 스스로 해결하지 못한다. 눈물을 흘리거나 소리를 치거나 술을 먹거나 운동을 하거나, 몸에게 대신 해결해달라고 호소한다. 그러나 고용주의 요구가 너무 오래 지속되면 피고용인도 참고만 있을 수는 없다. 시원찮은 고용주에게서 벗어나려는 몸부림을 친다. 몸이 항거의 깃발을 들기 전에 마음이 알아서 뒷걸음 쳐줘야 내 몸의 평화가 유지된다. 몸이 아프기 전에 반드시 마음이 아프게 되어 있다. 그 마음이 자신을 외면하면 몸은 두 배, 열 배의 대가를 치러야 한다.

　그러니 나는 오늘도 조용히 몸을 달랜다. 몸아, 사랑하는 나의 몸아. 이제 포맷하자. 제발 새벽에 잠 좀 깨지 말자. 그래야 가족 윈도우도 깔고 바이러스 없는 2nd life 프로그램도 설치할 수 있지. 그리고 이 세상의 마음들아. 너무 잘난 척하지 마시게. 그래 봤자 해결하는 쪽은 몸이니깐.

몸을 너무 혹사하면 결국 복수 프로그램이 작동한다. 많이 움직이라고 명령한 마음에게는 관절염, 신경통을, 움직이는 것을 싫어하는 마음에게는 비만 바이러스를 슬그머니 퍼트린다. 몸이 아프면 마음도 아픈 법.

몸에게 다소곳이 부탁해보자. '아프지 말고 행복하자'고. 양화대교에서, 원효대교에서 이 세상 모든 다리 위에서 소리쳐보자.

고정 수입은 현실감을 떨어뜨린다.

여자에게 머리 손질만한 위로는 없다. 오가며 눈에 익은 곳이었는데 들어서니 어릴 때 엄마와 함께 갔던 미용실의 시큼한 파마약 냄새가 강하게 풍긴다. 무더운 한여름, 에어컨 대신 선풍기 여러 대가 돌았다. 단골손님인 듯한 할머니는 보자기를 뒤집어쓰고 나선다. 밥 좀 하고 오겠다고.

원장님(이자 유일한 직원)은 "어떻게 말아줄까?"라고 묻지만 손님의 취향에 따라 머리 모양이 크게 바뀔 것 같진 않다. 이 동네에 사느냐부터 시작된 원장님의 질문은 끝이 없다. 곧 부동산으로 화제를 옮기더니 인근 아파트의 평수별 집값을 주르륵 읊는다. 급기야 이야기는 우리 동네 집값과 미국의 기준금리, 양적 완화와의 상관관계, 부동산

퇴사하고 집밥하고 육아하고

정책방안에까지 이르렀다. 여기가 미용실인지 부동산 중개소인지, 대학 강의실인지 정부의 부동산 정책 발표장인지, 듣는 데만도 숨이 차다. 책에서, 신문에서 글로 이해하던 용어와 미용실에서 듣는 용어는 왜 같은데 다르게 느껴지는지.

결론은 '판'과 '흐름'을 이해하고 투자하라는 거였다. 족집게 강의 2시간에 파마 값은 유럽 연수 증명서를 걸어놓은 옆 건물 미용실의 1/7 수준이다. 기필코 단골이 될 거다.

○

"어디 사람 구한다는 데 없어요?" 1년 전 회사를 그만둔 작은아이 친구 엄마가 까칠한 목소리로 성을 낸다. "회사 그만두고 6개월은 전쟁이었어요. 아이 보는 것도 낯설고 살림도 힘들고. 이제 조금 익숙해지려는데, 얼마 전 남편이 퇴근해서는 친구 와이프는 갭 투자를 해서 수천만 원을 벌었다는 거예요. 애들도 공부를 잘한다고, 와이프가 아주 야무지다고. 절 무위도식하는 사람 취급하는데, 제가 이걸 어떻게 해석해야 하죠?" 그녀는 중견기업 마케팅 경력 12년 차에 초등학교 아이의 교육 문제로 회사를 그만두었다.

옆의 엄마는 "우리 남편은 내가 영화를 보고 있으면 '야, 너는 부동산, 재테크, 이런 거엔 관심 없냐? 우성 아파트가 이번에 재건축한다는데, 넌 그런 건 아냐?' 그런다니깐. 자존심 상하지. 맞벌이할 때는 내가 영화에 대해 얘기하면 눈이 빛난다고 멋지다고 그러더니, 이제는 현실 감각을 가지라네. 첨엔 엄청 열 받았는데, 이제는 한 귀로 듣고 한 귀로 흘려. 애아빠도 얼마나 답답했으면 그러겠나 싶어서. 통 큰 내가 측은지심으로 받아주고 있지. 곧 그렇게 될 거야. 자기도."

맞벌이에서 홑벌이가 되는 가정은 적응 기간이 필요하다. 사람은 장기적 관점에서 무엇이 나아질 거란 기대보다 당장의 경제적 결핍을 더 불편하게 여긴다. 당연히 초조해진다.

자녀 교육, 재테크, 집안 문제 등 그동안 미뤄왔던 모든 가정사가 한꺼번에 해결될 거란 성급한 기대도 부담이 된다. 여자들은 사회의 일을 버리고 선택한 만큼 가정의 일에 최선을 다한다. 또 다른 형태의 슈퍼우먼 콤플렉스가 작동한다. 하지만 가정의 일은 사회의 일처럼 효율이 명확하지 않다. 열심히 하면 할수록 마이너스 결과가 되는 경우도 있고 군불 때듯 몇 년의 공을 들여야 겨우 불이 붙는 일도 있다. 아내는 남편의 약은 셈법처럼 보이는 그 초조함이 섭섭하다.

○

"우리 남편은 정말 회사 일 밖에 할 줄 몰라. 은행 업무, 세금, 병원, 애들 교육, 이사까지 전부 내가 다 결정한다니깐. 그러면서 얼마나 유세를 떠는지, 벌써 아이들도 슬슬 피해. 나중에 퇴직하면 어떻게 살지 걱정이야."

퇴사하고 집밥하고 육아하고

바깥에서 욕 들어가며 열심히 일했는데 아내에게 이런 소리 듣는 게 억울한가? 천만의 말씀, 현실 감각 부족한 자신부터 되돌아보는 건 어떨지. 나 역시 퇴직하고 나서야 10년 산 집 근처에 어떤 병원이 있는지, 집값은 어떤 추세인지, 동네 아이들은 어느 학원에 다니는지, 처음 알았다. 큰아이는 매일 그랬다. "엄마는 거기 몰라." 남편도 그랬다. "엄만 여기 10년째 살면서 아직도 방향 구분을 못한다. 니들이 이해해라."

고정 수입은 현실감을 떨어뜨린다. 이제껏 고정 수입을 위해 회사 일만 열심히 했던 이 땅의 직장인들은 현실 감각을 익히는 데 시간이 필요하다. 현실 감각이 떨어지는 건 알아서 척척 해낸 아내의 탓도, 남편의 탓도, 그 누구의 탓도 아니다. 고정 수입의 탓이지. 똑같은 경로를 왔다 갔다 하는 출퇴근도 방향감각을 떨어뜨린다. 늘 밤에만 봤던 집의 형태는 낮에 볼 때 남의 집 같다. 왜 그동안 주변의 간판들조차 눈에 들어오지 않았는지. 병원, 은행, 세탁소, 학원, 떡집, 이불 집 등 우리 동네에 대형마트만 있었던 게 아니란 걸 비로소 알게 된다.

집으로 돌아온 아내들은 수년, 수십 년간 열정을 다했던 일터와 이제 막 이별했다. 백일 만난 연인과 이별한 사람도 치유의 시간이 필요하다. 하물며 수십 년을, 청춘과 함께 한 직장과 이별하는 일은 어떠랴. 울기도 하고 후회도 하고 욕도 하고 잘했다 칭찬도 하면서 이별을 온전히 받아들이는 시간이 필요하다. 말끔히 치유해야 더 아름다운 사랑을 만날 수 있는 것처럼. 현실 감각은 그때 가져도 늦지 않다.

지금 막 집으로 돌아온 후배님들께 부탁합니다. 무턱대고 아이에게, 살림에, 혹은 다른 일을 찾아야 한다는 강박에 빠지지 마세요. 지금 우리는 어설프게 시작하는 새내기가 아닙니다. 지금의 쉼표가 대박 나는 노후를 만들지, 누가 압니까. 건드리기만 해도 터질 것 같은 얼굴로 더 이상 자신에게 야박하게 굴지 말고 여유롭게 준비운동 좀 합시다.

육아, 사소함과 기다림의 반복.

"차라리 육체노동이 낫지. 밥 먹자, 씻자, 집에 가자. 하루 종일이 입 노동이고 기다림의 연속이야." 대학에서 강의를 하다 전공 책까지 불태우며 아이만큼은 자신이 키우겠다고 결심한 친구는 이렇게 말했다.

"하루 종일 코에서 단내 날 정도로 힘든데 애들이 잠들고 나면 뭘했나 싶어요. 쓸고 닦고 밥하고 세탁기 돌리고, 무한 루프를 도는 것 같아요." 육아 휴직 중인 회사 후배는 오랜만에 전화해 어제가 오늘 같고 그날이 그날 같아서 계절이 바뀔 때나 되어야 세월 가는 걸 깨닫는다고 했다. 애들을 생각하면 남은 시간이 너무 안타깝지만 빨리 회사에 나가고 싶다고, 진짜인지 거짓인지 모를 말을 했었다.

○

사회 일은 효율과 극대화가 목표다. 객관적 수치가 우선한다. 눈으로 확인할 수 있다. 반면, 집안일은 사소함과 기다림의 반복이다. 콩나물시루에 물을 주는 것처럼 공들인 것들이 쑥쑥 빠져나가도 효율을 논할 수 없다. 너무 사소해 측정조차 불가능하다.

소아과, 정형외과, 치과를 돌고 놀이터에서 노는 아이를 기다리고, 씻기고, 함께 책을 읽고 장난감을 정리하는 일은 너무 사소하지만 건강하고 용모 단정하고 사회성 있는 아이로 성장하는데 반드시 필요한 과정이다. 밥상을 차리고 설거지를 하고 여기저기 널려 있는 옷들을 치우고 정신 줄 놓고 자고 있는 사춘기 아들을 깨워 학원에 보내는 일은 하나하나가 전쟁처럼 치열하지만, 그 공로를 인정받기는 힘들다. 모두가 의식주를 위해 돈을 벌지만 의식주를 위한 직접적인 노동의 가치에는 인색하므로.

○

남의 자식이었다면 쉽게 넘어갈 일도 쉽사리 넘기지 못하고 아이가 잘하면 당연한 일이고 못하면 "왜?"가 절로 나오는 게 부모다. 소리소리 지르며 대치를 벌이다가도 집을 나서는 순간 리셋해버리는 아이의 단순함에 자존심 없이 웃고 마는 것도 부모이기 때문이다. 일상은 온통 일희일비다. 사소한 일들로 힘들고 또 속없이 기뻐하는 일들이 반복되니 공허함이 밀려온다. 마음에 폭우가 내렸다가 가뭄이 시작되고 눈발이 날리고 이내 얼어버린다. 아이들 얼굴도 보지 못하고 출근할 때는 뭘 위해 이렇게 사는 건지 싶었는데, 지금은 이렇게 살아도 되는 걸까 하는 지루한 질문이 찾아온다.

○

익숙한 얼굴이 떠오른다. 이 지루함을 참아낸 홍 많고 재주 많은 엄마. 그런 엄마에게 전화를 걸어 투덜거리면, "엄마도 그랬어. 사는 게 그런 거야. 니들 혼자 큰 것 같지만 엄마한테 도깨비방망이가 있니, 우렁각시가 있니. 온종일 바쁘고 힘들어도 네 아빠도 몰라주더라. 근데 니들 네 남매가 이렇게 잘 자랐잖아. 그럼 된 거지. 천천히 해라. 천천히. 사람 크는 일이 어떻게 한 번에 돼"라며 성질 급한 딸을 토닥인다.

엄마 말처럼 이 먼지 같은 일들이 모여 과연 태산이 되기는 할까? 이 사소함이 위대함을 낳는 불씨가 될까? 먼 것도 가까운 것도 힘들다. 멀어지면 애틋하고 너무 가까우면 잦은 다툼이 된다. 세상을, 가족을, 현미경으로 봐야할지 망원경으로 봐야할지 잘 모르겠다. 아무튼 지금의 나는 이 현미경이 답답하다.

사람은 사소한 일에 넘어진다. 큰일을 망쳐서 넘어지는 경우는 드물다.

사막을 횡단한 탐험가에게 물었다. "무엇이 제일 힘들었습니까?" 사람들은 뜨거운 태양이나 사막의 모래 폭풍을 예상했지만 탐험가는 "신발 속에 들어간 쌀알만 한 작은 돌이 제일 힘들었습니다"라고 말했다.*

한비자도 그랬다. '태산에 부딪혀 넘어지는 사람은 없다. 사람을 넘어지게 하는 건 작은 흙더미뿐이다.'

거 봐, 사소함이 가장 힘들다니깐.

* 『인생 칸타타』(박요한, 흐름출판)에서 인용

집에서 한 밥, 집에서 먹는 밥.

"더운밥 먹어라." 엄마는 늘 더운밥을 힘줘 말했다. 전기밥솥이 있어도 새로 한 밥이 더운밥이었다. 그래서인지 아이들에게도 '더운밥'에 대한 의무감을 느낀다. 바빠서 책이나 옷은 못 사줘도 먹는 것만큼은 잊지 않았다. 그래서 큰아이는 튼실하다.

요즘 마트의 냉동, 즉석 코너에는 어떻게 이런 걸 인스턴트로 만들 수 있을까 하는 기술적 의문이 들 정도로 다양한 메뉴의 음식을 볼 수 있다. 탐이 난다. 하지만 이런 음식들은 더운밥을 먹었던 나의 죄의식을 건드린다. 장바구니에 쉬이 담을 수 없다. 더운밥이 뭐길래.

○

"아유, 나 퇴원하라네. 퇴원하기 싫은데." 병실의 할머니들은 퇴원을 달가워하지 않았다. 병원을 나가는 게 가장 큰 희망이었던 나로서는 답답한 병원을 떠나기 싫다는 할머니들의 말이 얼른 이해되지 않았다. "죽지 않을 만큼만 아프니 딱 좋네. 시간 되면 밥도 주고 누가 괴롭히는 사람이 있기를 해, TV 보다가 밥 먹고 약 먹고 자면 되고. 할아버지 시중도 안 들어도 되고, 만고가 편하다." 말씀을 듣고야 고개가 끄덕여졌다.

퇴직한 할아버지는 삼시 세끼를 꼬박 집에서 해결하고 독립하지 못한 아들과 독립해서도 딸린 식구들을 데리고 들어온 딸 때문에 여전히 부엌 주인 노릇을 하고 있다는 할머니는 병원 생활이 여행 온 것 같다고 했다. 아마 할아버지는 할머니가 아니라 밥이 그리울 거라며, 우리 여자들은 왜 퇴직도 없는 거냐며 불평하셨다. 이제 부엌 들어가는 게 지긋지긋 하다고 했다. 평생 가족을 위해 더운밥을 한 할머니는 병원에 와서야 남이 해주는 더운밥을 눈치 안 보고 먹었다. 듣고 있는데 서글퍼졌다. 엄마도 늘 그랬다. '남이 해 준 밥'이 제일 맛있다고.

생각해보니 요즘의 나도 별반 다르지 않다. 약속이 있을 때를 제외하고 혼자 먹는 점심은 김치냐, 콩나물이냐의 차이일 뿐, 대략 라면이 주를 이룬다. 하던 일 길게 하려고 대충 먹고 아이들이 돌아오면 그제서야 더운밥을 짓는다.

○

　싱가포르에 출장 갔을 때였다. 인연이 깊은 현지 사원과 이런저런 이야기를 나눴다. 살림하고 아이 키우며 회사 다니기 힘들지 않으냐고 물으니 싱가포르에서는 주로 남편이 밥을 하거나 회사 앞 포장마차에서 간단히 해결한다고 설명한다. 저녁도 마찬가지라 했다. 밥은 '해'먹는 게 아니라 '사' 먹거나, 데워 먹는 것이라 생각하고 있었다.

　후배는 명절을 보내고 출근해서 늘 그랬다. "전 명절 때 밥을 제대로 먹어 본 적이 없어요. 밥 먹으려 앉았다가도 작은 아버님이든 손아래 시동생이든 남자들만 들어오면 새 밥상 차리라 하시니. 저희 집은 안 그렇거든요. 다 같이 먹거나 기다려주거나 그러는데." 명절을 지내는 집 모두가 엇비슷하다. 내 조상도 아닌데 음식은 며느리가 하고 남편은 도와줬다고 생색이다. 처가에서는 누워서 더운밥을 대접받는다. '더운밥'은 부모의 사랑과 따뜻함의 아이콘이지만 하는 사람과 먹는 사람이 확연히 구분되는, 불공평의 상징이기도 하다.

○

　신문의 글을 읽다가 속이 후련해졌다. 아무도 쉽게 하지 못한 말, 그런데 누구나 하고 싶었던 말이었다.

장염에 걸린 아이가 병원을 찾는다. "장염입니다." 의사가 말하면, 아이 엄마는 "밖에서 뭐 먹었어?" 하고 아이에게 묻는다. 아이는 밖에서 먹은 것을 기억하려고 애쓴다. "설사의 원인이 집에서 먹은 것일 수도 있습니다." 의사가 이렇게 말하면 아이 엄마는 뜨악해한다. 그 표정에는 '자식을 위해 만든 집밥은 정성, 영양, 위생 모두 100점짜리 완벽한 음식인데 나를 비난해?' 하는 불쾌함과 황당함이 들어 있다.(중략) 사실 '집밥이 정말 건강하고 안전한 음식이냐'고 되물으려면 큰 용기가 필요하다. 어느 전문가도 '집밥'을 건드린 적은 없다. 집밥을 건드리는 순간, 천만이 넘는 대한민국 어머니들을 적으로 만드는 행위임을 알기 때문이다.

(중략)우리 집 냉동실은 버려야 할 식재료의 '안치실'이다. 식품위생법이 가정에도 적용된다면, 우리 집은 365일 적발 대상일 것이다.

집밥은 대한민국에서 한 끼 이상의 의미가 있다. 어머니의 사랑과 정성의 아이콘이다. 인정한다. 하지만 세상 음식을 좋은 음식과 나쁜 음식으로 나누는 식의 발상은 한 번쯤 재고해 볼 시점이다. 집밥은 좋고 바깥 음식이 나쁘다는 프레임을 버리는 게, '매식 시대'에 좀 더 편하게 사는 법 아닐까. 이건 순전히, 우리 집 사정을 비추어 하는 말이다.

- 배상준 외과 전문의, 조선일보 Essay, 2017.11.30

퇴직 후 얼마간은 사춘기 큰아이와의 화해와 작은아이의 성장을 생각해 매번 더운밥을 지었다. 엄마에게 받은 만큼 내 자식에게 해주리라, 원래 엄마의 역할은 그런 것이니깐, 앞치마를 조여 매며 주문을 걸었다. 인터넷을 찾고 엄마에게 전화하고 친구들에게 귀동냥하며 만들어 먹이니 비로소 엄마가 된 것 같아 뿌듯했다. 그러나 일정이 제각각인 두 녀석의 배 시계에, 놀러 오는 아이 친구들의 식사까지. 밥을 하루에 여섯 번 이상을 차리는 사태가 발생했다.

'더운밥'이 얼마나 큰 노동력을 필요로 하는지 깨달았다. 바쁜 어른들, 더 바쁜 아이들 때문에 예전처럼 온 식구가 함께 앉아 끼니를 해결하는 건 불가능하다. 더운밥에 집착하니 정작 아이와의 대화나 놀이는 할 수 없었다. "엄마, 놀아줘", "잠깐만, 엄마 밥 좀 하고", "엄마, 이것 좀 같이 해줘", "잠깐만, 엄마 설거지 좀 하고."

엄마는 '여자가 밥만 하면 정성의 아이콘이 아니라 밥밖에 못 하는 무지의 엄마가 된다'고 말했는데, 진짜 그랬다. "양념과 재료는 신경을 써서 준비를 해놓더라도 매번 다 해먹이려고 하지 마. 너 골병든다. 가끔은 배달해먹고 나가서도 먹고 조리된 음식도 사서 먹어. 밥에 얽매이면 아무것도 못 해. 짬짬이 글도 쓰고 강의도 다닌다면서, 몸 상한다." 평생을 더운밥, 유기농 밥상을 차리느라 팔순 넘어서도 자유시간 없는 엄마는 덧붙였다. "어느 집이든 밥이 제일 큰 짐이다. 부부싸움의 반은 밥 문제이니 젊었을 때부터 요모조모 끼니를 해결하는 데 익숙해져야 한다."

"이거 산 거지? 엄마가 한 거 아니지?" 입맛이 칼같이 정확한 큰아이는 먼 곳에 강의를 다녀오느라 급하게 마트에서 사 온 닭갈비를 씹으며 나를 본다. 큰아이는 집밥과 식당 밥을 기막히게 구분해낸다. 역시 귀신이다. 무슨 잔소리를 할지 떨고 있는데, "이봐, 산 게 더 맛있다니깐. 이게 진짜 닭갈비지."라며 씩 웃는다.

　이 자식이. 그럼 그동안 내가 만든 닭갈비는 진짜 닭갈비가 아닌가? 양념도 직접 다 만들고 좋다는 재료만 넣었구만. "엄마, 여기 원산지 표시 있잖아. 사는 음식이 나쁜 게 아녜요. 가끔 사 먹어도 돼. 믿어 좀. 엄마들이 사줘야 경제도 살고 경제가 살아야 우리가 먹고사는 거지. 무엇보다 엄마 힘들지 않고." 평소 사는 음식에 의심이 많은 나에게 일침을 가한다. 그리고, 매번 밥하고 치우느라 "힘들다, 허리 아프니 잠깐만 누워 있을게" 소리를 입에 달고 사는 엄마에 대한 위로도 잊지 않는다. 먹는 사람이 괜찮다는데, 내가 만든 집밥 쇠사슬에서 벗어나 볼까?

집밥이 화제가 되었을 때, 왜 엄마가 아니라 그 음식을 먹었던 아들이 집밥 슬로건을 들고 나왔을까 의문스러웠다. '집밥'은 유명 요리가들의 레시피처럼 구하기 힘든 재료, 어려운 요리법이 아니라 몇 단계를 훌쩍 뛰어넘어도 될 만큼 쉽고 간편했다. 양념 사용을 특별히 자제하지도 않았다.

요리가들은 "요리가라면 적어도", 엄마들은 "엄마라면 이것만큼은"이라고 생각하지만 먹는 아들과 딸들은 쉽고 빠르고 맛있게 만들어 주길 바란 것이다.

"내가 먹는 것이 나를 만든다"라는 말은 건강을 다쳐본 사람들에게는 가슴에 박히는 진실이다. 그래서 밥상에 자연을 담고 싶지만 여건도 시간도 실력도 부족하다. 죄책감을 느끼는 대신 집밥이란 '집에서 한 밥'과 '집에서 먹는 밥'을 함께 포함해야겠다고 절충해본다.

정
말
예
쁜
아
줌
마
란.

중년의 연기파 배우들은 얼굴 주름 펴는 시술을 하지 않는다 한다. 자칫하면 얼굴 근육이 마비돼 정확한 감정 표현이 어려워진다고. 주름도 연기를 살리는 미장센인거다.

삼십 대까지는 부모가 물려 준 얼굴로 살고 사십 대부터는 내가 만든 얼굴로 산다는데, 50년 가까이 된 나의 그릇은 이미 형태가 허물어진 지 오래다. 사진은 정확하게 그것을 증명해낸다. 푹 죽은 머리칼, 군데군데 박혀 있는 검버섯, 얌전하게 자리 잡은 팔자 주름을 보면 의학의 힘이 절실히 느껴진다.

○

퇴사하고 집밥하고 육아하고

"인상 좋으시네요. 선한 기운이 있어요." 누군가 팔을 잡아챈다. '아직도 이런 게 있나?' 싶어 걸음을 재촉하는데 "최근에 많이 아프셨나 봐요"라는 말에 주춤했다. '진짜 뭘 좀 볼 줄 아는 사람인가?' 잠깐의 흔들림이 있었지만 이내 평정심을 되찾았다. 내가 이런 거에 속아 넘어갈 사람은 아니지.

이십 대 후반, 모든 게 뜻대로 풀리지 않을 때 찾은 점집에서도 비슷한 얘기를 들었다. 첫 번째로 찾아간 곳은 서교동 근처였다. 밥상에 쌀알을 던지며 점괘를 보던 할머니는 "아가씨, 혹시 무용하나?" 작달막한 키에 짧은 팔 선을 가진 나에게 이렇게 물었고 "아니요"라고 답하면 "무용했으면 성공했을 텐데, 아깝네"라고 했다. 그래도 마당에 사과나무가 있는지는 묻지 않았다.

창신동 골목의 할아버지는 "아가씨는 큰 사고가 두 번 있네. 하나는 이미 지나간 것 같고 하나는 앞으로 겪을 건데, 괜찮아. 하늘이 돕는 팔자야. 동아줄만 잘 잡고 올라와. 선하게 태어났어"라고 했다. 값을 치르고 나오는데 뒤이어 들어간 이에게는 "물에 빠진 사람 구해주면 봇짐 내놓으라고 할 사람이야. 그렇게 살면 안 돼"라며 호통을 친다. 좋은 말만 해주는 건 아니구나. 할아버지 직업정신 참, 투철하시다 싶었다.

좋은 말은 기억하고 나쁜 말은 조심하랬다고, '선하게 태어났다'는 말이 가슴에 남아 혹여 나쁜 일을 해서 동아줄이 끊기는 건 아닐까, 조심하며 살았다. 생각해보니 점집을 찾은 1년 전쯤 큰 교통사고가 있었고 남았다던 사고 하나가 얼마 전의 건강 문제가 아니었나 싶다. 하늘이 돕는 팔자가 맞기는 한 것 같다. 아직 사지육신 멀쩡하니.

○

친구는 요즘 거울을 보며 "너 참 예쁘다. 눈썹도 예쁘고 콧구멍 크기도 적당하다" 하고 자기 칭찬 연습을 한다고 한다. 처음엔 5분 앉아 있기도 힘들었는데 이제는 한 시간도 버틸 수 있단다.

"야, 우리 나이면 어느 정도 외모 평준화가 되는 거 아니야? 뭘 그렇게까지 비굴하게 예쁜 데를 찾아" 하며 타박했더니 비록 TV지만 의사의 정식 처방이라고 강변한다.

"젊었을 때는 좋은 유전자 몇 개로 버텼지만 지금은 아니잖아. 그리고 외모 평준화가 아니라 용서의 폭이 커지는 거야." 나쁘지 않은 팔자였다는 걸 증명하려면 우선 아름답게 늙어야 한다는 것이 친구의 논리다. 좋은 팔자의 점괘는 '정변'이 되고 나쁜 팔자의 점괘는 '그럼 그렇지'가 되는 것이 바로 중년의 외모라고. 그 첫 번째 단계가 자신을 칭찬하고 사랑하는 것이니 속는 셈 치고 한번 해보라 했다. 심지어 진짜 예뻐 보이는 순간이 온다고. "야, 진짜, 지랄도 풍년이다."

○

퇴사하고 집밥하고 육아하고

젊었을 때는 미적 자본에 지적 자본까지 가진 여자들을 보면 난 왜 저렇게 태어나지 못했을까, 그중 하나만이라도 신이 나에게 주셨다면, 하고 아쉬워했다. 하지만 요즘은 '잘~ 늙은' 아줌마들이 눈에 들어온다. 정말 예쁜 아줌마들, 있다. 얼굴이 예뻐서가 아니라, 옷을 잘 입어서가 아니라, 웃음도 예쁘고, 말도 예쁘고, 마음씨는 더 예쁜 아줌마들, 있다. 요즘은 '곱게 늙으셨네'의 뜻을 어렴풋하게 이해한다. 그녀들이 가진 인격 자본은 유전으로도, 돈으로도 얻을 수 없다. 그녀들이 살아온 세월이 발효되어 맛을 내는 것이니.

젊은 나를 기억하는 사람들에게 나이 든 나를 보여줘야 한다면 무슨 카드를 내놓을 수 있을까, 생각해봤다. 첫째, 단정하고 깔끔한 옷매무새를 가진 날렵한 모습을 보여주고 싶다. 몸 바쁘게 살아왔으니 가능도 하겠다.

둘째, 주름조차 미장센으로 살리는 연기파 배우처럼 여유와 용서와 배려와 이해의 폭이 큰 표정으로 만나고 싶다. 마음 바쁘게 살아온 지난 시간이 내 얼굴 어디엔가는 인격 자본으로 저장되어 있지 않을까. 인상 좋다는데, 선하게 태어났다는데 말이지.

인상 좋다는 말을 자랑삼아 하면 남편은 그런다.
"그거 사람들이 별로 할 말 없을 때 하는 말인 건 알지?"
"그럼 선해 보인다는 말은?"
"그건, 선해지라고 하는 말이고."
"그럼, 사주팔자 좋다는 말은?"
"사주팔자가 좋으니깐 날 만났지.
난 사주팔자가 안 좋아서 널 만난 거고. 낄낄."

졌다. 인생, 해석하기 나름이다.

그때는 말렸지만 지금은 권했다

아이를 가졌을 때는 배부른 사람만 보였다. 유모차를 끌 때는 유모차만 보였고, 아이가 중학생이 되니 교복만 눈에 들어온다.

아이가 고등학생이 되면 입시 정책에 할 말이 많아지고 군대에 가면 「태양의 후예」의 송중기 계급이 단박에 이해된다. 유사성의 법칙 때문인지, 아는 만큼 보이는 건지, 현재의 입장이 선택적 관심을 증폭시키는 건 분명하다.

선택적 관심을 불러일으키는 입장은 상황에서 나온다. 현재의 내가 어떤 상황에 있느냐에 따라 입장이 갈린다. 문제는, 입장, 상황으로 굳어진 가치나 관점이 타인에게는 폭력이 되기도 한다는 것이다.

○

"얼마나 번다고 핏덩이를 두고 나가요?" 큰아이 출산 휴가를 마치며 그동안 알게 된 엄마들과 밥을 먹는 자리에서 어떤 이가 한 말이다. 17년이 지난 지금도 생생하게 귀에 맴돈다. 그이는 나의 상황을 안타까워하며 한 말이었지만 나는 이해력 부족으로 '그러게, 얼마나 번다고, 무슨 부귀영화를 누리겠다고 내가 이래야 하나' 싶어 출근 일주일을 남겨 두고 심란해 했다. 얼마나 버는 게 문제가 아니라 나는 '일이 하고 싶고' 남들이 보기에는 어떨지 몰라도 내게는 남에게 아이를 맡기고 출근해야 할 정도로 '가치 있는 일'이라고 말하고 싶었지만 그러지 못했다. 전달력 부족으로.

○

"지금 쉬면 동기보다 승격도 늦어지고 한참을 따라잡아야 하는데, 괜찮아? 남편만 보내고 그냥 회사 다니지. 2년인데, 나라면 그냥 여기 남겠다." 남편의 해외 근무로 휴직을 고민하는 후배에게 난 이렇게 말했다. 실제로 그 당시 우리 부부도 떨어져 지내야 하는 상황이 되었다. "난 지금 내 일이 너무 재밌어. 지금 쉬면 자리도 없어질 테고. 당신 혼자 다녀오면 안 될까? 애들은 내가 키우고 있을 테니." 남편은 두 번 생각도 안 하는 나의 확고함에 두 번 묻지도 않고 현재 유지를 선택했다.

회사하고 집밥하고 육아하고

그때는 남들보다 뒤처질 모든 이슈가 달갑지 않았다. 아이의 다양한 경험, 가족 간의 유대보다 눈앞에 잡힐 것 같은 '자리'가 더 중요했다.

그런데 얼마 전, "남편이 중동으로 파견 가는데, 위험 지역이기도 하고, 어떻게 해야 할지 모르겠어요"라고 말하는 아이 친구의 엄마에게 나는 "당연히 함께 가야지. 아이들 어릴 때 가족끼리 좋은 구경 많이 하고 다른 나라의 문화와 역사를 보는 게 얼마나 좋은 기회야. 무엇보다 엄마 아빠가 같이 있어 줄 수 있고. 일도 가족을 위한 건데, 잠시 놓는다고 일 안 없어져. 없어지면 다른 일 찾으면 되지"라고 말했다.

지금은 '눈앞에 있지만 쉽게 잡히지 않는' 자리보다 가정의 유대가 더 소중하다. '가치와 관점'에는 정답이 있거나 식견의 높낮이가 있는 것이 아니다. 그저 개개인의 매우 다른 경험과 그로 인해 굳어진 생각의 결과일 뿐이다. 그저 그때는 그랬고 지금은 이런 것뿐이다.

어느 여자 임원의 인터뷰 기사를 읽었다. "여자들은 스스로 유리천장을 가지고 있어서 육아나 집안 문제가 생기면 그 문제를 더 크게 확대 해석하고 핑계를 만들어 결국 회피한다." 정확하진 않지만 대충 이런 뉘앙스였던 것 같다. 만약 회사에 다닐 때였다면 크게 고개를 주억거렸을 것이다. 하지만 지금은 진짜로 아이에게 큰 문제가 있어서, 집안의 대소사 때문에 혹은 누군가의 건강 때문에 일을 포기할 수밖에 없는 사람들이 있다는 걸 안다. 그 또한 다른 상황이고 입장이니 어느 쪽에도 함부로 무게를 둘 수는 없다.

○

놀이터에서 만난 어떤 이는 한눈에도 '엄마'였다. 건강, 교육, 요리 등 관심사가 그랬고 간식까지 완벽한 '엄마표'였다. 악성 주부습진으로 장갑을 끼고 다녔다. 다들 한때 내가 어떤 일을 했는지 밝히는 자리에서도 말없이 듣기만 했다. 일해본 경험이나 공부했던 것을 화제로 올리지도 않았다.

그러다 속 얘기를 나눌 기회가 있었는데, 그녀는 천재 소리를 들으며 영재 교육을 받으며 최고의 대학을 나와 유학하고 국책 연구소에서 일한 경력을 가지고 있었다. 이러고 있는 건 '사회적 손실'이라고 했더니 아이들을 맡길 데도 마땅치 않고 일하는 엄마 밑에서 커서 내 아이만큼은 자신이 키워야겠다 싶어 일을 쉰다고 했다. 지금은 아무것도 생각하고 싶지 않고 아이와 함께 하는 시간이 무엇보다 소중하다고 했다.

"외나무다리에서 상대와 마주치면 누군가는 길을 비켜줘야 저도 갈 수 있잖아요. 그 외나무다리가 저한테는 우리 아이들이었어요. 전 잠시 뒤로 물러나 있으려구요. 아이가 건너간 다음 그때 건너가면 되죠."

살면서, 외나무다리에서 만날 상대가 누구일지는 아무도 모른다. 누군가는 길을 비켜줄 것이고 누구는 상대를 밀며 앞으로 나갈 것이다. 상황과 입장이 모두 다르니까.

퇴사하고 집밥하고 육아하고

2년의 육아 휴직을 끝내고 출근을 준비하는 작은아이 친구 엄마에게 이번엔 이렇게 말했다. "일단 출근해보고, 하다 하다 안되면 그때 다시 생각해요. 뭐 지금 열심히 고민해도 어차피 출근하면 또 다른 고민들이 생기니깐. 상황도, 생각도 자꾸 변하니까요." 숨차게 뛰어갈 때는 보이지 않던 입장과 상황이 숨을 고르니 보인다. 더불어 관점도 여유로워진다.

과학자, 변호사, 의사 등 사람들이 부러워하는 직업을 가진 여자들이 일을 그만두는 이유도 비슷하다. 가벼운 월급봉투를 받는 사람들만 심리적 장벽을 느끼는 게 아니다. 그래서 공평하다고 해야 할지, 불합리하다고 해야 할지.

루이스와 야스민의 자리를 비워둔다

불금이다. 채널을 돌리다 'I'm calling you' 노랫소리에 손이 멈췄다. 「바그다드 카페」 분명히 봤던 것 같은데, 첫 장면부터 생소하다. 무거운 여행 가방을 든 몸집 큰 백인 여자가 사막을 가로질러 걸으며 연신 땀을 흘린다. '바그다드가 어디더라? 아, 이라크의 수도였지' 하는 생각으로 보는데, 백인 여자는 한참을 걸어 숙박을 겸한 카페에 들어선다. 주인은 마르고 신경질적인 흑인 여자 브렌다. 나태한 남편과 제멋대로인 아이들을 키우며 하루하루를 버티듯 살고 있다. 백인 여자 야스민은 결코 친절하지 않은 '바그다드 카페'에 숙박 카드를 쓰고, 영화는 시작한다.

카페 주인 브렌다, 무료한 장기 투숙객들, 사막을 지나치는 트럭 운전사들은 백인 여자 야스민이 펼치는 마술쇼에 매료되어 웃음 짓게 되고 그 웃음으로 불행했던 야스민 역시 행복해진다.

영화를 검색하니 '이질적인 문화와 다른 외모, 서로 다른 환경에서 살아온 두 여자가 주체적인 자아로 성장하며 우정을 나누는 페미니즘 영화'란 설명이 나온다.

「델마와 루이스」. 웨이트리스 루이스와 가정주부 델마는 친구 사이. 루이스는 일로, 델마는 가부장적인 남편 때문에 지쳐있다. 둘은 일상에서 벗어나기 위해 여행을 떠난다. 그러나 델마는 고속도로 휴게실에서 성폭행의 위험에 처하고 루이스는 총으로 남자를 쏴 죽인다. 경찰의 추격의 받으며 두 사람의 탈주가 시작된다. 그녀들의 삶은 '나쁜 거 할래?, 더 나쁜 거 할래?'의 선택인 듯 온통 지뢰밭이다.

영화의 마지막, 더 이상 도망갈 곳이 없는 델마와 루이스는 두 손을 꼭 잡고 낭떠러지를 향해 가속페달을 밟는다. 연기 잘하는 수잔 서랜든, 지나 데이비스는 그 어느 때보다 자유로운 미소를 한가득 관객에게 지어 보인다. 오, 빛나는 워맨스여.

○

두 영화는 다른 듯 같은 여자의 삶을 이야기한다. 「터미네이터」에서 터미네이터보다 더 터미네이터 같은 엄마 샤라 코너나 「밴디트

퇴사하고 집밥하고 육아하고

퀸」의 폴란 데비, 「에이리언」의 시고니 위버가 연기한 리플리보다 훨씬 현실감 있고 설득력 있다.(「델마와 루이스」, 「에이리언」의 감독은 리들리 스콧이다. 그의 영화 속에서 여성은 항상 강인하다)

델마와 루이스, 야스민과 브렌다는 세상의 차별, 억압, 구속, 결핍, 편견, 무거운 삶의 짐을 지고 산다. 지구 어디를 들여다봐도 존재하는 모든 여성의 문제를 영화 구석구석에 배치하고 있다. 페미니즘 영화 대부분이 극단의 상황을 통해 감정을 극화시키지만 바그다드 카페는 잔잔한 서술에 매력적인 캐릭터, 희망적인 결말로(두 여자의 사막에서의 포옹은 백미다) 앞으로 여성의 삶이 여성의 힘으로 나아질 거라는 기분 좋은 암시를 준다.

○

'여자의 적은 여자'라는 말은 도대체 누가 쓰기 시작한 것일까? 혹시 싸움터에서 빠지고 싶은 남자의 기발한 아이디어가 아닐까? 그러니깐 애초에 몇 좌석을 주지도 않고 그 안에서 피 터지게 싸워 의자를 차지하라는 나쁜 의도에 여자들도 속아 넘어간 건 아닐까? 똑똑한 여자들의 연대는 무서운 도전이니까.

오래전이지만 출산휴가를 갈 때, 일종의 암묵적 법칙이 있었다. 출산 휴가를 떠나는 여자의 일은 여자가 받는다는. 앞으로 너도 가야 할 테니 너가 선배의 일을 잠시 받아 고생하라고, 대부분의 부서장들은 배려처럼 그렇게 했다. 그래서 정당한 이유 없이 일을 받은 후배는 힘들어했고 정당한 이유 없이 일을 맡기고 간 선배는 미안해했다. 그러다 시간이 지나면서 그 둘의 연대는 야스민과 브렌다처럼, 델마와 루이스처럼 강화되었다.

○

감기 몸살에 어지럼증이 겹쳐 몸이 너무 아팠다. 할 일도 많은데 몸이 천근만근이다. 그런 안색을 살피던 이웃 엄마들이 저녁 찬거리를 문 앞에 두고 갔다. 아픈 몸에 눈물이 핑 돈다. 생일에 꼬박 문자와 케이크를 보내는 후배들도 여자들이다. 일을 나누었던 의리 때문인가? 자신의 미래를 보는 것 같아서일까? 여자들의 연대는 측은지심이 깔려있다. 루이스는, 위험에 처한 델마를, 야스민은 고된 짐을 지고 사는 브렌다를 세상에서 구했다. 나에게도 세상의 모든 여자들에게도 루이스와 야스민이 생겼으면 좋겠다. 적으로부터 나를 구해주는 또 다른 나.

강자들은 약자들이 편을 나눠 싸우는 것을 가장 좋아한다. 약자
들이 힘을 합치면 강자도 온전히 버틸 수 없다는 걸 알기 때문이
다. 이런 얄팍한 정치 논리에 휘말려 세상의 델마와 루이스, 야
스민과 브렌다는 서로가 전업주부라고, 웨이트리스라고 하얗다
고 까맣다고, 얕보게 된 거다. 그런 세상을 향해 방아쇠를 당긴
루이스와 사막의 바그다드 카페로 다시 돌아온 야스민의 자리
를 내 곁에 조용히 비워둔다.

#
엄
마
로
살
다

큰아이는 학교에서 돌아와 내 얼굴을 보자마자 한숨을 내쉰다. "뭐 먹고 싶은 거 없어?"라며 친절하게 구는 엄마가 '낯설다'고 했다. 보기 힘들던 엄마가, 늘 피곤하다던 엄마가 다정스레 웃으며 자신의 생활에 발을 들여놓기 시작한 게 '어색하다'고 했다. 여드름 가득한 사춘기 소년은 "엄마 코스프레 하지마. 이제껏 내가 다 알아서 했어" 하며 문을 닫는다.

한순간도 엄마가 아닌 적이 없었는데, 아들은 장난감 사주고 주말에 외식하고 휴가 때 여행 가면 엄마 역할 제대로 하고 있다고 생각하는 엄마에게 좋은 얼굴로 답해주기만 했던 게다. 엄마에게 뭔가를 해결해달라는 호소는 할 수 없었다고 했다. 엄마는 늘 피곤하고 힘들어 보였으니까.

189

그동안 엄마가 얼마나 열심히 살았는지 조목조목 읊어야 하나, 야단을 쳐야 하나 미안하다고 해야 하나 고민스러웠다. 아이에게 절대 미안해하지 말라는 육아 전문가들의 충고도 생각났지만 내가 선택한 방법은 아이 앞에서 그저 납작 엎드리는 거였다. 먼저, 열심히 밥상을 차렸다. 아이는 식탁에서 3인칭이지만 서서히 자기 얘기를 꺼냈다. 그러다 차츰 이야기의 주체가 1인칭으로 바뀌어갔다.

물론 불쑥불쑥 엄마의 부재를 읊으며 멀어지고 가까워지기를 반복했지만 처음에 손이 닿지도 않을 것 같던 거리는 조금씩 좁혀졌다. 아이는 납작 엎드려 최선을 다하는 엄마에게 봐주듯 천천히 걸어왔다.

○

엄마와 전화 끝에 "엄마, 나는 공짜로 키운 거야. 사춘기도 없었지, 과외를 하거나 학원에 다니면 잡혀가는 시대였으니 사교육비가 들기를 해. 요즘 애들은 키우기 너무 힘들어"라며 유세를 떨었다. 말없이 듣던 엄마는 "지랄하네" 하며 툭, 전화를 끊는다. 음, 이건 뭐지?

엄마가 머리에 가위를 댄 날, 세 자매는 학교 안 간다며 통곡했다. 추운 겨울 아침, 도시락 6개를 싸는 엄마에게 새로운 반찬 좀 싸달라고 불평했고 고3 때는 자퇴서를 집에 들고 오기도 했다. 잘 다니던 회사를 수시로 그만두겠다고도 했다. 그럴 때는 늘 옷 주머니에서 깨알 같은 글씨의 엄마 쪽지가 발견됐다. 그렇게 학교도 회사도 다녔다. 다

커서도 바쁘다며 전화 한 통 엄마 마음에 쏙 들게 받아본 적이 없다. 방금 전에 나 지랄한 거 맞구나.

아들 역시 아침마다 방을 전쟁터로 만들어 놓고 성질을 부리며 나간다. "아, 늦었어." 돌아올 때까지 이 흔적들을 그대로 놓아둬야지 다짐하지만 식탁 위에는 간식을, 책상 위에는 편지를 써놓고 나간다. '내가 이렇게 납작해진 건 받아주고 참아 준 엄마 때문이야. 보고 배운 거지'라며 애꿎은 엄마를 소환한다.

지금의 나는 우리 엄마가 만들어줬고 지금의 철없는 아들도 언젠가는 멀쩡한 청년으로 성장하겠지. 그렇게 빌리고 갚는 거구나. 부모, 자식은.

○

아들 둘을 대학, 군대에 보낸 친구들이 집에 놀러 왔다. 늦둥이 막내가 학교에서 돌아온 후 엉덩이 한 번 붙이지 못하고 부산스레 움직이는 것을 보고 친구가 말했다. "야, 너 병 안 나니? 네가 최선을 다하는 거 좋은데, 너 병나. 넌 좀 열심히 살지 말아야겠다."

최선을 다하는 건 결과에 상관없이 최선을 다했다는 위로가 필요해서다. 그리고 만에 하나, 나의 최선이 상대의 미래에 결정적 한 방이 될지도 모른다는 기대 때문이다. 늦었지만 최선을 다하면 남들보다 늦지 않게 결승점에 도착할 거란 사회적 학습 때문인지도 모르겠다. 최선의 뒤에 항상 달콤한 열매가 열리진 않는다는 것을 알면서도 최선은 멈춰지지 않는다. 그동안 못했던 것이지 안 한 게 아니란 것을 증명하려고.

○

자식을 향한 부모의 사랑은 어렵다. 그 무엇으로도 대신할 수 없는 본능의 사랑, 잘 길러야 한다는 의무감 때문이다. 이 '다정도 병'인 마음을 어떻게 하면 지혜롭게 실천할 수 있을지. 중심을 잡기 힘들다. 자식의 역할도, 부모의 역할도 처음이어서 서툰데, 문제는 돌아갈 수 없고 반복할 수 없다는 데 있다.

큰아이에게 못한 거, 작은아이에게 해야지 싶지만, 큰아이와 작은아이는 별개의 사람이다. 지능, 외모, 가치관, 취향, 감정 등 모두가 다르다. 세상에 하나밖에 없는 존재라 한 번의 경험이 절대적인 참고서가 되지 못한다.

요즘 큰아이는 능글스럽게 웃으며 그런다. "나는 내가 알아서 잘 컸으니깐 동생이나 잘 좀 봐. 나한테 못한 거 동생한테 해주라고. 질투는 요 만큼도 안 할 테니까." 큰아이와 작은아이는 7살 터울이다. 외로워하던 큰아이가 동생 노래를 불렀고 그래서 작은아이 이름은 할아버지도 아니고 아빠도 아니고 형이 지었다. 태어나기 7개월 전부터.

퇴사하고 집밥하고 육아하고

백범 김구 선생님은 참으로 옳은 말만 남기셨다.

"갈 만큼 갔다고 생각하는 곳에서 얼마나 더 갈 수 있는지 아무도 모르고, 참을 만큼 참았다고 생각하는 곳에서 더 참을 수 있는지 누구도 모른다."

근데, 이제는 그러지 않았으면 좋겠다. 갈 만큼 가기 전에 힘들다고 얘기하고 참을 만큼 참기 전에 억울하다고 얘기하고 싶다. 그래야 돌아갈 수도, 그만둘 수도 있으니까. 세상에 그런 자리 하나는 남겨둬야지.

최선을 다하는 거 진짜 싫거든.

난 늘 지는 엄마다.

엄마들은 대체로 두 부류로 나뉜다. 첫 번째는 죄인형이다. 부족한 유전자를 물려준 것도 미안하고 혹시 사랑을 듬뿍 주지 못한 건가 싶고 뭘 또 잘못 가르쳤나 자신을 탓한다. 참다못해 화를 내기도 하지만 그마저도 시간이 지나면 미안한 엄마들이다.

또 다른 부류는 명령, 통제, 과업 수행에 중점을 둔다. 아이가 힘들어해도 '해야 할 건 해야지'의 사명감을 부여한다. 더 높은 목표를 제시하고 올바르지 않은 태도에 대해서는 호되게 나무란다. 아이의 재능, 열정, 현재 수준을 정확하게 분석하고 미래 가능성을 예측한다. 감독형이다.

감독형 엄마를 꿈꿨으나 난 늘 지는 엄마다. 철저하게 '을'인 엄마.

퇴사하고 집밥하고 육아하고

○

"엄마가 그랬잖아. 난 대기만성형이라며?" 초등 때와는 달리 자신을 너무 과신하는 아들에게 따끔한 충고를 했더니 이렇게 답한다. 아, 이게 언제 적 얘기더라? 좀 더 잘하라고 6학년 때인가, 선생님과의 상담 내용을 다소 부풀려 전달했는데, 3년이 지난 오늘에서야 불쑥 그 이야기를 꺼낸다. 어제 무엇을 했는지도 기억 못하는 아이가 3년 전 대사를 들먹이다니. 대단하다, 아들.

"엄마, 오늘은 안 어지러워?" 가급적 건강 상태만큼은 아이들에게 정확한 전달을 기피하는데, 어제 무심코 '아, 어지러워' 했던 혼잣말을 기억하고 작은아이가 되물었다.

오래전 이야기, 무심코 흘린 한숨, 그 모두를 아이들은 주워 담고 있었다. 다른 말로 해석하면 아이들에게 엄마, 아빠는 '하늘'이다. 먹고 자고 느끼는 모든 것을 부모로부터 흡수한다. 우리 아이에게 나는 마오쩌둥보다, 히틀러보다 더 엄청난 권력자다.

○

태어난 지 얼마 되지도 않은 것 같은데 큰아이가 고등학교에 간다. 공부 많이 한다는 학교 근처를 지나는데 초등생같이 해맑은 얼굴에 여드름 하나 없는 깨끗한 얼굴, 단정한 옷차림, 그보다 더 단정한 걸

음걸이를 하는 고등학생들을 봤다. 놀랍다. 여태껏 내가 본 고등학생의 발걸음은 모델 워킹이었다. 주머니에 손 넣고 어깨를 흔들며 잔뜩 폼을 잡고 걷는 것이 일반적인 것인 줄 알았는데, 이 동네 아이들은 사춘기도 비껴가나?

지인의 말에 따르면 공부 많이 하는 학생들에게는 사춘기가 늦게 찾아온단다. 엄마가 하는 모든 요구 사항을 거르지 않고 수용하는 착한 아이들이라 사춘기조차 내려앉지 못한다 했다. 이사 욕심이 났지만 이내 마음을 고쳐먹었다. 친구의 따끔한 충고 때문이다. "야. 그런 애들은 대학 가서, 회사 가서, 결혼해서 사춘기 한다더라. 그것도 아주 무섭게. 지금 껄렁거리고 허세 부리고 엄마 말 안 듣고 지 맘대로 하는 게 차라리 나아. 이사 가면 절대 안 돼, 너."

감독형 엄마 밑에서 자란 아이의 얼굴은 해맑고 죄인형 엄마 밑에서 큰 아이들은 본인들이 권력자의 얼굴을 하고 있다. 이런 아이들은 밀당의 기술도 부릴 줄 알아서 진짜 큰 사달이 나기 전에 납작 엎드린다. 극단까지 가는 법은 없다.

"아, 또 왜 이러시나. 남 약점 잡고 그러면 안 돼요. 착하게 살라 하셨으면, 아들한테도 다정다감하게 대하셔야지. 말과 행동이 다르시면 안 됩니다. 이 여사님." 우리 집 최고 권력자인 큰아이는 엄마를 저글링 하듯 가지고 논다. 그리고 때론 약 오른 엄마를 대신해 동생에게 소리 지른다. "야. 너 저거 치워. 니 할 일은 니가 해. 엄마 고생시키지 말고." 말문이 막힌다. '친절한 금자씨'의 얼굴로 "너나 잘하세요. 너가 제일 문제세요"라고 말하고 싶지만 때에 따라서는 의젓하고 때에 따라서는 내쫓아도 모자랄 아수라 백작의 얼굴을 한 아들의 갑질을 넘기는 힘들다.

○

"엄마, 나 사탕 사 먹어도 돼?" 아빠와 문방구에 간 작은아이는 전화로 나의 허락을 구한다. 아빠는 기분 나쁘다. "애가 왜 저렇게 엄마 눈치를 보냐? 내가 사주겠다는데 엄마한테 허락받는 건 뭐야? 가장인 내가 사주겠다는데" 하며 축구선수처럼 자기 가슴을 툭툭 친다. 풋. 웃음이 난다. 나의 실 같은 권력을 탐하는 남편.

세월이 흐를수록 집안의 의식주, 교육, 건강, 양가의 대소사 등 전반적인 행정을 담당하는 쪽이 자연스레 전권을 행사하게 된다는 걸 남편들만 모른다. 어떤 조직이든지 책임이 클수록 권한은 막강해지는 법이고, 가정은 사랑과 정으로 이뤄지는 곳이 아니라 누군가의 희생, 인내, 성실로 유지된다는 걸 진정 이 땅의 남편들만 모른다.

기여도가 높을수록 권력이 생긴다. 지금 아이들은 권력자의 얼굴로 군림하지만 마음은 죄인의 모습을 한 엄마 밑에 단단히 묶여 있다. 자신들의 눈앞에서 가장 성실하게 헌신하는 엄마에게.

집은 나의 소중한 아이가 세상의 천둥과 파도를 헤치고 성장할 보금자리다. 그래서 나는 앞으로도 이 '을'의 자세를 지속적으로 유지하려 한다. 을은 항상 상대의 기분을 살피고 그의 권력이 함부로 사용되지 않도록 철저하게 예방조치한다. 을이 하는 공감과 배려를 갑은 자신의 권력이라 생각하며 만족한다. 이 이면계약을 갑만 모른다.

나는 을의 권력을 믿는다. 동시에 감독형 엄마를 꿈꿨으나 권력형 아이들을 낳은 나약한 엄마의 변명임을 순순히 인정한다.

퇴직을 해보니 알겠다. 권력형 상사의 전화는 늘 조용하다. 후배를 배려할 줄 알았던 상사의 전화는 늘 바쁘다. 평생을 '을'로 살았는데, 전화 한 통 받지 못한다면 억울하겠지만 어쩌랴. 역시 잠잠한 전화기를 소유한 권력형 엄마들과 어울리는 수밖에.

괜한 욕심임을 인정한다.

학교는 아이가 다니는데 부모의 할 일이 더 많다. 사교육 세상에 들어서 내 위치를 확인하고 나니 불에 덴 것 같다. 와우. 이 정도였어? 불안이 엄습한다. 게다가 이웃의 사촌들은 전 과목 백 점을 받고 영재 소리를 듣는다. 아무 잘못 없는 우리 아이는 자동으로 오징어가 된다. 기승전 '공부'인 세상에서 착하거나, 운동 신경이 남다르거나, 리더십이 뛰어난 것은 재능이 아니라 빈약한 변명거리다.

"야, 애들은 엄마 머리 닮는다더라, 연구 결과도 있어." 아빠들은 종종 자식들의 성적표를 들고 이렇게 말한다. 엄마들은 항변한다. "IQ는 엄마를 닮지만 성장하면서 학습 능력은 아빠에 달렸다는 연구 결과는 못 보셨나? 애가 원래 머리는 좋게 태어났는데 당신 때문에 공부

습관이 안 잡혀서 그런 거야."

아이의 국영수 성적, 학원 숙제는 부모의 유전자, 양육 방식까지 광범위한 논쟁거리를 식탁 위에 올려놓는다. 엄마, 아빠는 안타깝고 미안하고 그래서, 탓할 사람이 필요한 것뿐이다.

○

에디슨, 아인슈타인, 모차르트, 박지성, 강수진, 김연아는 성공의 원인을 노력이라고 말한다. 그들이 말하는 대로 피나게 '1만 시간'을 노력하면 엇비슷해질 것도 같다. 그래서 이 땅의 부모들은 아이들에게 1% 영감을 가질 시간도 주지 않고 99%의 노력을 강요한다. 똑똑하지만 겸손한 그들은 잘못이 없다. 그들 옆에 우리 아이들을 나란히 세워놓은 우리 아빠, 엄마들의 잘못이지.

성공한 이의 뒤에는 어떤 순간에도 채찍을 놓지 않은 엄마의 훈육 스토리가 꼬리표처럼 등장한다. 부모들은 노력이라는 최면과 프레임에 더욱 확고히 갇힌다. 노력하지 않는 죄를 유치원 아이들에게 묻는다. 세상이 원하는 건 대기만성이 아니라 소년 급제니까. 비싼 값에 팔리려면 소년 급제하라고 냉정하게 말한다. 콧물 흘리는 아이들이 과연 알아듣기는 할까?

○

편의점에서 끼니를 때우며 징검다리로 일정을 소화하는 초등, 중학생의 뉴스를 접하면 모두가 한숨을 쉬지만 삼각 김밥을 사고 있는 아이는 다른 누구의 아이도 아닌 내 아이들이다. 대충 크고 우연히 잘 살아온 우리와 달리 우리 아이들은 관심과 염려의 울타리 안에서 태어나고 성장한다. 다정다감한 엄마, 아빠들은 매일매일 그 울타리를 더욱 촘촘하게 그려 간다. 혹시나 빠져나갈까, 잃어버릴까.

주말, 온 식구가 올림픽 공원으로 향했다. 학원 설명회가 있다 해서 외식을 겸하기로 했다. 내용의 반도 알아듣지 못한 건 둘째고 아이나 어른이나 맛있는 밥을 기분 좋게 먹을 형편이 못 되었다. 실력과 노력 모두에서 우리는 평균 이하였다. 죄책감과 불안감만 잔뜩 싸 들고 돌아왔다.

가슴에 돌덩어리가 내려앉는데 집 앞 고등학교에 내걸린 문구가 눈에 들어온다.

네가 날고 싶다면 내가 바람이 되어 주겠다.
- 홍신자

그래. 이제 난 울타리를 그만 그려야겠다. 부재에 대한 미안함, 지각하면 안 된다는 성실 강박증, 남들만큼은 해야 한다는 경쟁심 등 울타리에 담은 모든 마음을 거둬들여야겠다. 아픈 아이를 들쳐 업고 응급실로 뛸 때는 건강하게 자라게만 해달라고 기도했으면서, 냉정한 아이가 마음을 열어주기만 하면 좋겠다고 생각했으면서. 인간의 욕심에는 계단이 없나 보다. 엘리베이터를 타고 끝까지 올랐다 다시 낭떠러지로 떨어지는 게 인간의 어리석음인 거다.

힘들지만 이제 계단으로 천천히 오르려 한다. 소년 급제 따위는 다른 친구들에게 점잖게 양보하고 우리 아이와는 하늘을 날 준비나 해두련다. 적당한 바람이 불어오면 아이 스스로 날개를 펼 수 있게.

중국 송나라의 정이程頤라는 학자는 첫째 소년 시절 과거급제하고, 둘째, 부모 형제 권세가 대단하고, 셋째, 재주와 문장이 뛰어난 것이 세 가지 불행이라 했다는데, 그 첫째 불행을 이쯤에서 멈춰야겠다. 둘째, 셋째의 불행은 없을 것이 확실하므로.

예전 살던 동네 마트에 들렀다. 세일이 한창인 축산 코너에서 50대 중반으로 보이는 부인 둘이 이야기를 나누고 있다.

"내가 그땐 너무 몰랐지. 시키면 시키는 대로 하니깐 그냥 잘 따라오는구나 싶어 좀 더 하라고 채찍질한 거였는데. 우리 준영이는 그게 너무 힘들었대. 아니, 내가 모른 척한 거지. 재능이 아까워서. 지금은 후회해. 그냥 사랑해주면 되는 거였는데, 그러면 지금 이렇게 되지는 않았을 텐데. 그땐 왜 그렇게 마음이 급했는지."

"준영 엄마만 그랬나? 우리 엄마들 다 그랬지. 더 늦기 전에 애들한테 진심으로 사과하자고."

전후 맥락 없이 들은 대화지만 단박에 이해되었다. 준영 엄마는 지금 준영이에게 무엇을 진심으로 사과하고 있을까? 난 우리 아이들에게 무엇을 사과하면 될까?

자녀와 부모 사이, 거리가 필요하다.

"네가 어떻게 나한테 이럴 수 있어?"

드라마에 단골로 등장하는 대사인데, 요즘 이 대사에 빙의 되었다. 서사는 더 길다. "열 달 배불러 낳았더니…"부터 시작해서 "내가 널 그렇게 가르쳤니?", "내가 너 이러라고 집에 있는 줄 알아?"까지, '본전 생각에 본전도 못 찾을' 방언이 쏟아진다.

우리 모두 마찬가지지만 부모에게 낳아달라고 한 적은 없다. 부모가 동의 없이 낳은 거지. 동의도 없이 이런 험악한 세상에 던져 놓은 걸 미안해해야 하는데, 웬 생색인지 모르겠다. 화가 치미니 머리카락까지 무겁다. 아무 미용실에나 들어가 1년 길러온 머리를 싹둑 잘랐다. 집에 돌아오는 길, 젊은이들이 직접 만들었다는 예쁜 머리핀, 고

무줄 몇 개를 샀다. 머리카락은 자르고 머리핀은 사고. 오 헨리의 『크리스마스 선물』이 생각난다. 부인은 머리를 잘라 시곗줄을 사고 남편은 시계를 팔아 머리핀을 샀는데, 나는 왜 매번 본전 생각이 나는지 모르겠다.

○

아들 친구 엄마가 동물 카페에 다녀온 이야기를 전한다. 동물 전문가에게 들은 바에 따르면 천사 같이 지저귀는 새들도 새끼가 조금 크면 부모와 공간을 따로 분리한다고 한다. 자식이 성장하면 부모나 자식이나 서로를 '혈연'이 아니라 '적'으로 간주해 공격한다고. 그래서 부모와 자식 간 '큰일'을 보지 않으려면 적당한 때에 반드시 분리해야 한다는 것이다.

아들 친구 엄마는 "적당한 시기에 몸과 마음을 분리하는 게 좋은 가족관계를 유지하는 키포인트 같다"고 말했다. 옳거니. 잘 가르친다는 국영수 학원 알아보기 전에 아들이 자립할 수 있는 생활 습관, 마음 자세를 가르쳐야지. 그래야 미래의 며느리에게 큰 욕먹지 않을 테고. 그런데, 매번 깨닫는다. 미적분, 확률, 통계가 더 쉽지, 자립심 키우는 일이 더 어렵다는 걸.

'엄마의 길'에 대한 자괴감에 시달리고 있는데 딸과 아들을 결혼시킨 옆집의 인생 선배님이 그런다. "애기 엄마. 애는 생각보다 빨리 자

퇴사하고 집밥하고 육아하고

라. 곧 생각지도 못한 자유를 선물 받을 거야. 오히려 그게 더 섭섭한 날이 온다니까." 정말일까? 아이의 복잡한 정신세계를 연구하고 있으면 아이는 어느새 다른 고민을 가져와 안긴다. 성장의 호신호로 생각해야 할지 끊임없는 갈등 유발자 취급을 해야 할지는 모르겠다. 이제 곧 나에게 진정한 자유가 찾아온다는 신호일지도.

○

아는 부부를 만났다. 결혼 20년이 되어 가는데 사랑의 온도가 뜨겁다. 밥 위에 반찬을 올려주고 물을 떠주고 과일을 까주고 입도 닦아준다. 보는 사람만 어색하지 부부는 자연스럽다. 돌아오는 길, 남편은 "짜식, 복도 많아. 어떻게 저런 대접을 받고 살지?" 그런다. "아니, 손이 없어, 발이 없어? 부인 없으면 밥 못 먹어서 죽겠다." 괜히 화가 난다. 남편은 부럽고 나는 어이가 없다. 남편과 자식을 저렇게 돌보면 힘들어 어떻게 사나 싶은데, 자식들은 모두 알아서 밥 차려 먹고 학원도 가고, 손 갈게 별로 없단다.

남편을 어느 시기에 자립시키느냐에 따라 여자의 삶이 달라진다는데, 아마 나의 독립이 맞은편의 부인보다 더 빠를지 모르겠다.

○

부모 자식인지도 모르고 공격하는 '새' 가족이 되지 않기 위해 '거리 두기' 프로젝트를 시작했다. 일정한 거리 유지를 위해서는 적당한 '자기 일'이 필요하다. 남편에게는 일정 부분의 집안일을, 아들에게는 스스로 기상하기, 정리한 옷 서랍에 넣기를 분배시켰다.

약속과 달리 결국 늦게 일어난 큰아이는 되레 신경질을 부린다. 지각하면 엄마가 책임지라며 속을 뒤집어 놓고 나간다. 아들의 방을 절대, 치우지 않으리라, 하루든 이틀이든 일주일이든 저렇게 엉망인 채로 남겨 두리라 다짐한다. 5시간째 속을 끓였다 가라앉히기를 반복하며 눈을 부라리고 있는데 큰아이가 세상을 다 얻은 얼굴로 "엄마, 나 오늘 옆 반이랑 축구 시합했는데 인생 골 넣었어. 장난 아니었어"라고 외치며 들어선다. "진짜? 어떻게 넣었는데? 여자애들도 봤어?" 하며 자동으로 일어서는데 헛웃음만 난다. 큰아이 방을 정리하고 청소기를 돌리며 과연 자립하지 못하는 건 아들일까, 나일까 의문이 든다.

퇴사하고 집밥하고 육아하고

'부모의 행복은 가장 불행한 자녀의 행복지수만큼'이라는 말이 사실이 아니길 간절히 바란다. 이제 내 '본전'은 적당한 시기에 신체적, 정신적, 물질적으로 거리를 두는 것이다.

지금 스스로 거리 두기를 하는 아들들이 제발 성장해서도 그 자세를 유지해주길.

5장

일과 인생

#
완
성
해
나
가
다

●

커피를 마시며 신문과 밤새 SNS가 스크랩해놓은 기사를 읽는데 친구들과의 단톡방이 시끄럽다. 한식요리사, 커피 바리스타, 제빵사 자격증을 가지고 있는 친구가 이번엔 미용 학원에 등록했다고 한다. 한식, 커피, 제빵은 일련의 묶음이 가능한데, 미용은 왜?

"그냥. 배우고 싶어서. 예전부터 관심 있었어. 봉사도 하고 싶고. 세상은 모르는 거잖아. 배워두면 쓸모가 있겠지." 한시라도 가만있으면 좀이 쑤시는 성격에다, 40년 전 일도 생생히 기억하는 친구는 끊임없이 뭔가를 배운다. 살림과 육아, 건강을 변명삼아 무엇이든 '적당히' 하려고 노력 중인데 그런 친구를 보니 또다시 마음에 파문이 인다.

○

　독특한 말투와 머리 모양으로 눈길을 끈 문화심리학자 김정운 前 교수의 글을 즐겨 읽는다. 회사 강의 초청으로 몇 번 연락을 주고받은 이후론 칼럼이 실리면 챙겨 읽게 된다. 오래전부터 알고 지낸 사람 같아서다.

　냉소적이면서도 대범하고 마지막에는 특유의 화법으로 꺾고 비트니 두 번은 읽어야 진짜 뜻을 이해할 수 있다. 교수직을 그만두고 일본에서 그림을 공부하고 여수에서 화가의 삶을 사는 것도 예사롭지는 않다. 그의 글을 좋아하는 또 다른 이유는 읽고 있으면 '나도 쓰고 싶어진다'는 거다. 물론 지식층이 단조로워 꺾고 비틀 자신은 없지만 같은 생각인데 이렇게 맛깔나게 표현할 수도 있구나 하는 부러움과 질투가 생긴다. 그가 쓴 『에디톨로지EDIT+OLOGY』란 책의 제목에도 눈길이 갔다. 저자에 따르면 '세상의 모든 창조는 이미 존재하는 것들의 또 다른 편집'이라고 한다. '편집'만으로도 4차 산업혁명을 능가하는 창조가 가능하다는 데 목표를 던진다.

○

　누군가, 물었다. "아, 경단녀세요?"
　경단? '경단녀'란 단어를 들었을 때 처음에는 경단을 만드는 떡 전문가를 말하는 줄 알았다. 찹쌀가루나 수수가루가 묻어 있는, 둥글고 작은 떡 말이다.

인터넷을 검색하니 '결혼과 육아로 퇴사해 직장 경력이 단절된 여성을 이르는 말'이라고 나온다. 기분이 상한다. 회사를 그만두면 '경력'이 '단절'된다고 누가 단정 지었는지, 미안하지만 나는 결코 내 경력을 단절시킬 의사가 없다. 회사 의자에 쭉 앉아 있어야만 경력인건지, 일과 가정생활을 통해 진정한 프로로 성장한 것 같은데 '경단녀'라니.

물론 본격적으로 능력을 발휘할 시기에 출산과 육아로 집으로 강제 소환 당하는 여성들의 현실적인 어려움을 안타까워하는 목소리인 줄은 안다. 출산과 육아는 철저하게 개인의 영역이고 불합리한 이유로 재취업의 기회를 박탈당해도 말조차 꺼낼 수 없었던 예전에 비하면 여성의 경력을 사회적 손실로 인식하는 것에 실로 감사하다.

그렇다고 내 경력을 아무렇게나 잘라 먹는 사회에 동의할 수는 없다. 어떻게 쌓은 경력인데 함부로 잘라 가느냐 말이다. 그렇다고 다시 붙여달라고 떼를 쓸 수도, 모든 문제가 해결될 때까지 손 놓고 기다릴 수도 없다. 안정적인 제도와 성숙한 인식의 변화는 너무 많은 시간을 필요로 한다. 역사가 결국 정답을 내놓겠지만 내가 사는 사회에서는 아직까지 각개전투가 최선의 공격이다.

○

"그래도 넌 경단녀지. 난 경빵녀야." 친구는 살림하고 아이 키우는 일만 했지 경력이 없다고 한탄한다. 천만에, 회사 경력이든, 요리든, 살림이든, 육아든 모든 것은 경력이다. 역시 사람들은 먹고 살기 위해 일하면서 진짜 먹고 사는 일을 하는 사람의 노고에 감사할 줄 모른다.

그러니 내 경력을 온전히 보존할 방법을 스스로 찾아야 한다. 먼저, 관점을 달리해보자. 경단녀인 나는 직장 경력을 유지할 수는 없지만 이전과는 전혀 다른 직업을 가질 공식적인 기회를 가지고 있다.

1라운드를 뛴 사람들은 안다. 경력이란 게 일정한 시간에 출퇴근하고 좋은 자리에서 일하고 번듯한 명함을 가지고 남들이 들으면 알만한 직장에서 일하는 것이 전부가 아니라는 걸. 지금의 나는 적당한 업무 지식과 판단력, 상황대응력, 그리고 경험을 가지고 있다. 게다가 나의 장점, 한계를 정확하게 파악하고 있다. 과거처럼 어리버리한 빈손이 아니란 뜻이다. 물론 미혼이었던 신데렐라보다 더 좋은 조건인 건 아니다. 결혼도 했고 아이도 있고 눈도 높아졌고 나이도 많고 몸도 재빠르지 못하다.

그러니 나 스스로 '에디톨로지'를 시도하는 수밖에. 내 안의 비슷한 것 끼리, 혹은 아주 이질적인 것끼리 자르고 이어 붙여서 새로운 것을 만들어 내는 거다. 물론 그 에디톨로지의 방법은 나만 알고 있겠지. 사회가 단절시켜 놓은 내 경력을 나 스스로 완성시켜 가면 되는 거다. 그래서 비로소 경력을 완성하는 '경완녀'가 되길 희망한다.

일과 인생

신문과 TV에는 온통 4차 산업혁명 이야기다. 그렇다고 당장 인공지능이 현재 먹고 사는 경제 활동의 전부를 대신하진 않는다. 빅데이터를 분석하고 인공지능을 개발하고 로봇과 드론을 자유롭게 조정하는 사람들은 앞으로 높은 연봉을 받겠지만 인간은 아직 밥도 먹고 커피도 마시고 빵도 먹어야 한다.

회전 초밥집에 처음 갔을 때가 생각난다. 초밥이 컨베이어 벨트를 따라 빙글빙글 돌아가고 사람들이 먹고 싶은 초밥을 선택해서 먹고 접시 색깔에 따라 밥값을 지불했다. 색다른 방식에 감탄했던 다른 사람들과 달리 업태와 업종이 '전기 전자 제조업'으로 분류된 회사에 다녔던 나는 식당이 꼭 '공장' 같아서 불편했다. 그런데 알고 보니 실제로 회전 초밥집은 1958년 일본의 한 요리사가 맥주 공장의 컨베이어 벨트를 보고 개발, 특허를 냈다고 한다. 당시에는 별 반응이 없다가 1970년 오사카 만국박람회에서 과학기술과 인간의 삶이 융합된 사례로 소개되며 인기를 얻게 되었다. 그 다음은 우리가 알고 있는 전세계 회전 초밥집의 열풍이다.

기왕 완성할 경력이라면 자신의 경력과 생활인으로서의 경험, 미래 변화를 적절히 에디톨로지하는 건 어떨까. 회전 초밥 시스템을 개발한 일본의 요리사는 어쩌면 예전에 공장에서 근무했을지도.

○

미용사 자격증 1차 시험을 본 친구를 만났다. 보기 좋게 떨어졌다고, 결코 만만한 일이 아니라며 전투 의지를 불태운다. 그리고 뜬금없는 혼자 말을 한다. "파마는 보통 친구랑 하지 않나? 시간도 오래 걸리고 배도 고프잖아. 근데, 파마약이랑 음식 재료를 같은 공간에 둘 수 없는 게 문제야. 위치도 좋아야 하는데" 친구는 자신도 모르는 사이에 그녀만의 에디톨로지를 시작한 것 같다.

스타트 업이 별거인가? 좋은 아이디어와 실현가능한 마케팅 능력, 사업을 유지할 자본이 있으면 스타트 업 아니던가? 주위에 사업기획서 써보고 이런저런 분야의 마케팅도 해보고 자본 조달해본 경력 있는 아줌마(!)들 엄청 많은데, 대부분 어디선가 경단녀의 처지를 억울해 하거나 우울해 하고 있을 것 같다. 경력은 이력서에 쓰는 몇 줄이 아니다. 내 손에 내 머리에, 내 가슴에 있는 거지.

일과 인생

"그럼 넌 뭘로 경력을 완성해 갈래?"라고 물어준다면, '글자'와 '말'을 다리고 볶고 튀기며 그들과 즐거운 동행을 할 것이라고 말하겠다. 세상일은 모르는 법, 박수만 치다가 박수를 받게 될 날이 올지도. 내가 치열하게 '에디톨로지'한 답은 그러하다.

절박하면 이루어진다.

나는 의심이 많다. 다단계 판매, 파격 할인에 마음을 들썩여 본적 없고 눈물 많은 사연을 보면 의도부터 의심한다. 남의 걱정도 쉽게 하지 않는다. 인터뷰 기사는 액면 그대로를 믿어 본 적이 없다. 홍보, 인사 일을 하며 생긴 몹쓸 병이다.

세상에서 가장 쓸데없는 일이 재벌, 연예인 걱정이라는데, 아침 신문에 실린 탤런트 윤여정씨의 기사에 눈이 멈춘다. 거친 목소리, 일흔이 넘었는데도 소녀 같은 몸매, 앞치마 한번 안 둘러봤을 것 같은 모던한 이미지, '쎈 언니'의 원조다. 한창 주가를 날리던 때 결혼하고 미국에서 살다 이혼하고 돌아와 홀로 아이들을 키웠다는 건 이미 유명한 사실. 아무리 연예인이라지만 세상사는 게 거기서 거기인데, 혼자

일과 인생

서 힘들고 외로웠을 거란 짐작이 간다. 모 토크쇼 MC가 영화 「바람난 가족」에서 왜 굳이 베드신을 찍었느냐고 질문하자 너무도 쿨하게 "집 수리를 해야 해서요. 배우가 제일 연기를 잘 할 때는 돈이 필요할 때에요. 나는 배고파서 한 건에 남들은 잘했다고 하더라고요. 그래서 예술은 잔인한 거예요"라고 말했다. 너무 차가워서 얄미워 보이기까지 한 얼굴로.

그리곤 얼마 뒤 예쁜 앞치마를 두르고 인도네시아의 해변에서 예사롭지 않은 요리 실력을 보여줬다. 아들 둘을 키워낸 엄마라는 것을 증명해보이듯. 「죽여주는 여자」로 국제영화제에서 여우주연상을 수상했을 때는 아낌없이 축하의 박수를 보냈다. 책임 없이 예술가의 낭만만 흘리는 누군가가 생각나 더없이 통쾌했다.

○

회사에 다닐 때 드라마 작가를 꿈꾸며 한국 시나리오 작가 협회를 다닌 적이 있다. 면접관은 「거짓말」, 「세상에서 가장 아름다운 이별」을 쓴 노희경 작가. 이력서를 훑던 노희경 작가는 "글 못 쓰시겠네요"라며 첫마디를 열었다. 그녀의 카리스마에 눌렸지만 만만하게 선택한 일이 아니었던지라 "왜요? 왜 그렇게 생각하시는데요?" 하며 날을 세웠다. 노희경 작가는 "좋은 회사 다니시네요. 바쁘실 거고, 글이 아니면 생계가 유지되지 않는 것도 아니니까. 절박하지 않으면 글쓰기 쉽지 않아요." 떨어질 거란 예상과 달리 합격했고, 그녀의 예상을 통쾌하게 엎어줘야지, 열심히 필사하고 습작했다. 퇴근해 아이를 돌보며 필사하다 2~3시에 잠들고 다시 6시에 일어나 출근하는 생활을 6개월 이어갔다.

몸이 먼저 손을 들었다. 그렇게 지쳐갈 때쯤 회사가 지원하는 학위 과정에 합격했다. 작가가 되고 싶다는 오랜 꿈보다는 회사에서 성공하리라, 목표는 자연스레 바뀌었다. 따박따박 들어오는 월급은 안정적인 구속이 됐고 더 높은 자리에 오를 수 있다는 희망은 달콤했다. 이 모든 걸 포기할 정도로 작가의 길이 절박하지 않았다. 결국 공모작 '준호의 봉투'는 거친 상태로 컴퓨터 폴더에 버려졌다. 일정한 수입은 적당한 변명과 핑계가 된다는 노희경 작가의 미래를 보는 눈에 화가 났다. 난 윤여정 씨와는 반대의 이유로 '해내지' 못했다.

○

1984년이던가? 온 국민의 시선이 몰린 사건이 있다. 이스라엘의 마술사 유리겔라가 TV에 출연해 숟가락을 구부리거나 시계를 돌리는 마법을 부렸다. 초능력이라고 했다. 이상하게도 유리겔라가 염력을 불어넣으면 집에 있던 숟가락이 모두 구부러졌다. 당시 대한민국 어디를 가도 숟가락을 구부리고 미간을 찌푸리며 공중부양을 시도했다. 이 모습을 본 유리겔라는 무슨 생각을 했을까? 순수한 한국인의

일과 인생

모습에 감동 받았을까? 마술의 과학성을 눈치 채지 못하는 한국인을 비웃었을까?

간절하게 원하기만 한다고 원하는 것을 이룰 수는 없다. 숟가락을 구부리고 공중부양을 하고 칼이 사람을 통과하는 일은 초능력이 아니라 철저하게 계산된 눈속임, '쇼'다. 유리겔라는 주도면밀하게 계획하고 준비하고 연습을 한 뒤 여유롭게 '초능력'이라고 포장했다.

○

윤여정 씨는 오랜 공백을 깨고 연기를 다시 시작하며 작은 배역도 마다 않고 닥치는 대로 연습을 했다고 했다. 지금은 누구도 윤여정의 연기력을 도마 위에 올리지 않는다. 윤여정 씨가 "나는 배고파서 한 건에 남들은 잘했다고 하더라고요. 그래서 예술은 잔인한 거예요"라고 말해도 그녀가 결코 배고프다는 이유만으로 그 훌륭한 연기를 해냈다고 생각지 않는다. 유리겔라나 윤여정 씨 모두 절박한 만큼 준비하고 노력하고 그래서 실력을 다졌을 것이다. 그저 남들에게는 먹고 사는 일, 초능력처럼 보였겠지만 말이다. 집수리든, 쇼든 나에게도 다시 절박해질 날이 오기를 손꼽아 기다린다. 조용히 그와의 동행을 준비해야겠다.

새벽이고 밤이고 노트북을 끼고 산다. 심지어 노트북에는 김치, 라면 국물도 남아 있다. 두 달째 새벽 5시에 일어난다. 눈은 침침하지만 써지든 안 써지든 일단 노트북부터 연다. 노력하고 준비하는 일은 크고 무거운 처마 밑이 아니라 잘게 부서진 지우개 가루 같은 게 아닐까. 어젯밤 작은 녀석이 구구단 연습을 하며 남긴 지우개 가루. 구구단부터 해야 미적분도 풀고 확률, 통계도 풀 수 있겠지.

꼰
대
와
어
른
사
이

　큰아이가 화를 내며 들어온다. "도대체 어른들이 왜 그래? 아무데나 침 뱉고 담배 피고, 쓰레기 버리고 은근슬쩍 신호 위반하면서 우리한 테는 버릇없다 야단치고. 어른이면 모범을 보여야 하는 거 아냐?" 분위기가 심상치 않다.

　친구와 물건값을 내려고 줄을 기다리는데 할아버지인 듯도 하고 아닌 듯도 한 사람들이 앞에서 노골적으로 새치기를 해 "여기가 줄인데요"라고 했더니 "어린놈들이 버릇이 없다"면서 큰소리를 내더란다. "먼저 잘못을 하지 말던가. 어른이면 새치기해도 된다고 누가 그래?" 한 성질 하는 큰아이의 목소리가 클라이막스로 향할 즈음 마침 배달 온 치킨이 중재에 나섰다. 역시 치킨은 노벨 평화상을 수상해도 될 충분한 자격이 있다.

그래. 큰아이 말이 맞다. 공부보다 더불어 살아가는 '인성'을 가져야 한다고 말하면서 험악한 사건이 터질 때마다 그 이면에는 어른들의 부끄러운 민낯이 숨어 있다. 일상에서 범법 행위를 하는 사람들은 청소년이 아니라 모두가 어른들이다. 치킨을 뜯으며 '나이가 들면 부끄러움도 없어지냐'고 묻는 아이에게 뭐라 대꾸할 게 마땅치 않다.

○

「7번방의 선물」부터가 아니었을까. 아이를 낳고 키워본 여자들은 소아 병동이 나오는 의학 다큐를 보는 것도 힘들다. 지적장애를 가진 아버지가 억울하게 누명을 쓰고 홀로 아이를 지키는 걸 보고 있자니 분노가 치솟는다. 코미디 영화로 분류될 정도로 웃음 요소가 곳곳에 있지만 결코 정의롭지 않은 사회와 사회적 약자의 설움이 극 전반을 덮고 있어 편안 마음으로 극장을 나오기 힘들었다. 이후에 나온 많은 영화들이 사람들의 이런 '분노'를 건드려 관객몰이를 했다. 불법, 폭력, 부패, 불합리, 불평등 등 영화는 사회 곳곳의 곰팡이를 극대화 하여 관객들에게 보여줬다.

분노 마케팅이 성공한다는 건 우리 사회가 결코 '기회는 평등하고 과정은 공정하고 결과는 정의로운' 사회가 아님을 말한다. 상식대로 행하고 말하면 죄 없이도 가해자가 되는 게 우리 사회임을 영화는 여러 차례 말해줬다. 영화가 결코 픽션이 아니라는 듯 연이어 유사한 사건이 신문을 도배했다. 픽션이 다큐가 되는 기막힌 상황에 관객이었던 국민들은 할 말을 잃었다.

○

'이런 건 라스베가스에서는 상상도 하지 못 할 일'이라며 한국 사람이면서 한국 사람 아닌 척 하는 사람들, 종종 있다. 그들의 이야기에는 '나'는 없고 3인칭 인물만 등장한다. 약자로부터 내 권익을 찾는 데는 말소리가 커지고 강자 앞에서는 입에 자물쇠를 채운다. "너, 몇 살이야?" 옳고 그름의 기준은 나이다. '연륜'으로 진짜 훈수를 둬야 할 일에서는 뒤로 물러선다.

배 속에는 밥이 적고肚中食少, 입속에는 말이 적고口中言少, 마음속에는 일이 적고心頭事少 밤중에는 잠이 적어야夜間睡少 신선이 될 수 있다는데 나이가 들수록 몸에 좋다는 건 무엇이든 찾아 먹고 피해를 볼까 먼저 욕하고 수다스레 아는 척 하고 자신의 의견과 맞지 않으면 곧바로 '응징'해 버리는 게 우리 어른들의 모습이다. 큰아이의 지적처럼 어른이 되면 부끄러움도 없어지는 게 맞나 보다.

○

"나이가 드니 자꾸 편견과 고집이 생기네요. 귀동냥한 잡 지식으로 살아왔는데 이제는 손주들도 생기고, 공부 좀 해야 할 듯 싶습니다."
가끔 주민센터 도서관에서 만나는 아파트 어르신께 인사를 드리니
오늘은 좀 긴 대답을 하신다. 백발이지만 얼른 연세가 짐작되지 않을
정도로 꼿꼿한 어르신이다. 등산복 차려 입고 단풍 구경 가기 딱 좋은
날인데, 굳이 도서관에 돋보기를 쓰고 앉아 계신다. 대출할 때의 허세
와 달리 반도 읽지 못하고 반납하는 손이 부끄럽다. 어르신은 단 한
권의 책을 놓고 수첩에 뭔가를 베껴 쓰신다. 아마도 손주에게 해주고
싶은 말을 적으시는 듯하다. 갑자기, 어른들을 싸잡아 욕먹게 하신 새
치기 어른이 겹쳐 떠오른다.

○

주말이면 온 식구가 오락실엘 간다. 작은아이가 인형 뽑기에 빠져
있는데, 두어 번 실패를 하고 자리를 잡아 놓으면 남편이 마무리를 한
다. 친구인 듯도 하고 형제인 듯도 한 두 청년이 다트 게임을 즐기고
있다. 행색이나 말투, 행동이 미끈해서 보기가 나쁘지 않다. "둘이 친
구예요? 쌍둥이예요?", "네? 저희요? 친구요.", "친구인데 엄청 닮았네.
친한가 보네요." 옆에 서 있던 큰아이가 화들짝 놀라며 팔을 잡아챈
다. "엄마 정말. 창피해서 같이 못 다니겠어. 그런 걸 왜 물어."

그러게 말이다. 예전에 나는 누구에게도 묻지 않았다. 길을 묻는 것
도 최소한이었고 눈 마주치는 일 없게 남을 눈 여겨 보지도 않았으며

남의 사정에도 특별히 관심을 갖지 않았다. 그런데 어느새 남을 관찰하고 가끔은 참견하고 가끔은 나서서 돕는다. 주고받지 않기, 개입하지 않는 것이 가치관이라면 가치관인데, 요즘 자꾸 그 선을 넘나든다. "너도 저렇게 반듯하게 커줬으면 해서 그렇지." 대략 이렇게 마무리했지만, 궁금해하고 개입하는 일이 많아진 건 사실이다. 듣는 것보다 하고 싶은 말이 많아졌다는 건 별로 좋지 않은 신호인데. 갑자기, 우리 아파트 경로당 유리문에 붙어 있는 문구가 생각난다.

1. 내가 틀렸을지도 모른다

2. 내가 바꿀 수 있는 사람은 없다

3. 그때는 맞고 지금은 틀리다

4. 말하지 말고 들어라, 답하지 말고 물어라

5. 존경은 권리가 아니라 성취다

어떤 어르신이 이런 걸 붙여놓으셨는지 새삼 궁금하다. 혹시 가끔 주민센터 도서관에서 만나는 그 어르신이 아닐까. 누군가 그랬다. '쓸모는 많지만 쓸 데가 별로 없는 사람'이 '꼰대'라고. 꼰대는 과거 완료된 사람이고 '어른'은 현재 진행형인 사람이라 했다. 나는 이제 어른이될 준비를 해야겠다. 새치기는 절대 하지 말아야지.

가장 어려운 일과 쉬운 일을 물었을 때 천문학자 탈레스는 이렇게 대답했다. "자신을 아는 일이 가장 어렵고 다른 사람에게 충고하는 일이 가장 쉽다."
그래서 사람들이 참견부터 하는 건가?

이젠 진심을 보여주며 살 테다.

배우 장나라는 나이가 가늠되지 않을 정도로 소녀 같다. 그런 그녀가 후줄근한 티셔츠 차림으로 손목에 아대(손목 보호대의 조어)를 하고 한 손으로 아기 안고 밥을 말아 먹는다. 오, 이런 디테일이라니. 아이를 키워본 여자라면 한 번은 껴봤을 아대. 기어 다니며 사고를 치는 바람에 아이 안고 밥 먹고 보행기 태워 한 손으로 잡고 볼일을 봤던 기억이 새록새록 하다. 독박 육아에 힘겨운 장나라는 남편 손호준에게 소리친다. "니가 어떻게 나한테 이럴 수 있어. 너무 불행해. 다 되돌려 놓고 싶어." 제약회사 영업사원인 남편은 아내의 생일 축하 꽃다발을 실은 차안에서 이혼을 통보 받는다. 자존심 구기며 남들에게 굽신거리다 만신창이가 된 얼굴로. 그리고 리메이크 된 옛 노래가 흐른다.

"살면서 듣게 될까 언젠가는 바람에 노래를. 세월 가면 그때는 알게 될까 꽃이 지는 이유를.(중략) 보다 많은 실패와 고뇌의 시간이 비켜 갈 수 없다는 걸 우린 깨달았네. 이제 그 해답이 사랑이라면 나는 이 세상 모든 것들을 사랑하겠네."

원곡은 조용필의 '바람의 노래'다. 드라마 「고백부부」는 30, 40대 여성들에게 많은 걸 공감하게 했다. 흘러간 청춘, 육아의 힘겨움, 직장인의 비애, 약자의 설움, 표현하지 않으면 절대 모르는 사랑하는 사람들의 속마음 등. 손호준은 말했다. "내가 지켜주고 있다고 생각했어." 장나라는 답한다. "누가 지켜달래? 지켜주는 것이 아니라 그냥 옆에 있어야지. 내가 울면 같이 울고 같이 슬퍼해야지." 과거로 돌아가서야Go back 겨우 진심을 고백告白하는 부부를 보며 사랑해서 결혼했고 소중해서 열심히 살지만 그래서 서서히 균열이 생겨도 깨닫지 못하는 많은 가정이 떠올랐다.

○

타임 슬립을 소재로 한 영화, 드라마, 웹툰이 쏟아지는 건 이루지 못한 회한 때문이다. 노력조차 하지 못할 정도로 터무니없었던 일이나 그 나이에는 절대 깨달을 수 없는, 그래서 아무렇게나 흘려보낸 소중한 가치들. Go back할 수 있다면 나는 어디로 돌아갈까, 장나라와 손

일과 인생

호준처럼 20대로? 치열하게 살았던 30대로? 퇴사를 고민했던 얼마 전으로?

아니다. 더 이상 쓸데없는 상상은 거절이다. 과거로 다시 돌아갈 게 아니라 지금 나의 부모에게, 남편에게, 자식에게, 이웃에게, 친구에게, 지인에게 진심을 고백하며 살아야겠다. 시간이 흐른 뒤 또 Go back 하고 싶어지지 않으려면 말이다. 또한 지켜준다는 이유로 이유 없이 바쁠 것이 아니라 이유 없이 함께 있어 주라는 것이 드라마 작가의 의도일테니. 또한 바람이 말하는 것, 꽃이 지는 이유를 이제는 조금씩 알 것 같고 앞으로도 실패와 고뇌의 시간이 결코 나를 비켜가지 않을 것이므로.

○

우리는 VIP 가족이다. 작은아이는 동네 문방구, 남편은 주유소, 큰아이는 편의점, 나는 동네 카페의 VVIP다. 나의 단골인 동네 카페는 실버타운 근처에 있어 유독 어르신들이 많다. 부랴부랴 집 정리를 하고 PC를 챙겨 카페로 출근하면 청바지를 입은 할머니, 페도라 모자를 쓴 할아버지들이 아침 식사를 대신하러 온다. 멋쟁이들이다. 간혹은 보험인지, 부동산인지 모를 계약을 하곤 하는데, 앞에 앉은 젊은이들은 곤란과 난처함이 담긴 다양한 표정으로 호소를 하는 반면 듣는 어르신들의 얼굴에서는 감정을 읽을 수가 없다. 젊은이들이 진땀을 빼는 이유를 알 것도 같다. 나이와 경험이 짙어지면 감정 표현에 엄격해지니.

회사에 다닐 때, 상사로부터 충고를 들은 적이 있다. "이 부장은 얼굴에 너무 감정이 드러나. 잘 웃고 밝으니깐 좋은데, 그러면 가벼워 보일 수 있어. 남들은 힘든데 혼자만 즐거운 것 같고. 만만하게 보일 수 있으니 좀 근엄해지면 좋겠네." 별로 받아들이고 싶지 않은 충고였지만 그로부터 감정을 숨기는데 열중했다. 웃지 않으니 주름질 일은 없었으나 이유 없이 마음이 무거웠다. 근엄한 척 하니 이전보다 대접을 받았으나 다양한 마음을 전달하지 못해 불편했다.

○

"스키니 바지를 입고 사과머리를 하고 다니신 부장님. 행복하세요." 퇴직 때 후배들이 만들어준 액자에 담긴 글이다. 상사의 충고 이후 헐렁한 정장 바지를 입긴 했지만 간혹은 스키니도, 미니 스커트도 입고 뛰어 다녔다.

말하는 것, 먹는 것, 입는 것 모두가 또래 보다 활기찼으나 가벼워 보인다는 충고 때문에 늘 조심스러웠다.

이제 난 온몸으로 고백하며 살고 싶다. 굳이 얼굴 근육을 죽이고 싶지 않다. 마음을 다해 웃을 것이며 입고 싶은 것을 입고 먹고 싶은 것 먹으며 살 것이다. 남들 앞에서 아들들을 껴안고 뽀뽀도 할 것이고 남편에게 스스럼없이 팔짱도 끼고 안아주기도 할 것이고 부모님께 감사하다는 표현도 자주 해볼 것이다. 하고 싶지 않은 일은 억지로 하지 않을 것이다. 처음의 나로 다 돌려놓고 말 것이다. 장나라처럼.

정신없이 살다보니
세월 참 빠르구나
나이도 반백 머리도 반백
여기저기 반은 백수
세상이 내 뜻대로 안 되고
내 몸도 내 맘대로 안 되네
가끔씩 힘들 때면 쉬어가도 괜찮겠지(중략)
거울 앞에 앉아보니
한숨이 절로난다
눈가도 처져 어깨도 처져
마음까지 처져간다
나 지금 어디로 가는 건지
나 지금 잘 살고 있는 건지
가끔씩 헷갈릴 땐
쉬어가도 괜찮겠지

- 홍서범, '마흔 쉰' 중에서

공룡은 되지 말아야지.

　야구에 제대로 심취한 작은아이와 캐치볼을 하다 어깨가 삐끗했다. 몸은 자연 치유된다는 평소의 신념대로 두 달을 방치하다 결국 정형외과를 찾았다. 근육과 힘줄이 놀랐다는데 단순히 '놀란' 정도에도 밥하고 설거지 하고 청소하는 일이 힘들다. 운동을 열심히 하라는 처방과 함께 가급적 왼손을 써보라는 권고도 받았다. 화장실 청소를 하며 왼손을 써보았다. 어눌하기 짝이 없는데다 당최 힘이 들어가지 않는다. 내 몸에 붙어 있는 같은 손인데 양손이 이렇게 다르다니. 써온 것은 날렵하고 방치한 것은 둔하다. 만약 한석봉 어머니가 왼손으로 떡을 썰었다면 한석봉은 한석봉이 아니었겠지. 이제껏 수고해준 오른손에게는 감사를 전하고 앞으로는 낯선 왼손에게 칼을 넘겨야겠다.

여태껏 오른손이 하는 일을 봤으니 왼손은 좀 더 능숙하겠지. 어쩌면 난 원래 왼손잡이였는데 몰랐을 수도 있잖아? 그러나 왼손은 기대와 달리 일을 방해하기만 할뿐 처리해내지 못한다.

○

계절도 바뀌고 '뷰티풀 가게'에 기증할만한 옷을 찾으려고 옷장 정리를 시작했다. 남편과 앉아서 네 옷, 내 옷을 분류하는데, 남편이 '풋' 하고 웃는다. "야, 너 여름옷이고 겨울옷이고 다 똑같아." 웃는 남편 손에 들린 남편 옷은 더하다. 여자 옷은 치마냐 바지냐의 구분이라도 있지 남편의 옷은 옷감만 다르지 다 같은 옷이다. 쭈르륵 쌓아놓으니 그냥 '나'고 '너'다. 옷을 살 때 입어보고 비춰보고 이거냐, 저거냐로 꽤 나 고민한 것 같은데, 결과는 별반 다르지 않다. 다양성이 떨어져도 너무 떨어지는 남편과 나의 모습에 헛웃음이 나온다.

옷을 정리한 김에 새 옷 장만을 위해 옷가게를 찾았을 때도 다르지 않았다. 같은 색상, 비슷한 디자인에 손을 대는 서로를 보며 남편에게 "우리는 도대체 옷을 왜 사는 거야?" 했더니 "그래서 우리가 같이 사는 거야" 한다. 웃어야 할지, 울어야 할지. 이 다양한 옷의 세상에 진정 남편과 내가 입을 옷은 이것들뿐인가.

○

일과 인생

집안일 중 빨래를 가장 열심히 한다. 집에 남자가 세 명이라 어쩔 수 없다. 어느 정도의 노하우도, 철학도 생겼다. 설거지도 마찬가지다. 한 끼를 차려도 많은 세간들이 동원되기 때문이다. 그릇에 묻어 있는 음식물 때가 씻겨나가는 소소한 재미가 있다. 어깨를 두드리며 겨우 설거지를 마치니 둘째가 입주할 때부터 꺼져 있는 식기 세척기를 가리키며 묻는다. "엄마는 왜 저거 안 써? 저거 쓰면 어깨 안 아프잖아." 작은아이는 다가와 어깨를 주무른다. "응. 지금까지 안 돌려서 돌아갈지 안 돌아갈지 몰라. 그리고 엄마는 손으로 하는 설거지가 좋아."

○

그러게. 난 왜 자동을 선호하지 않을까? 자동차를 빼곤 이상하게도 수동에 익숙하다. 자동은 과정을 알 수 없으니 의심스럽다. 수동은 느리고 불편하지만 안 되는 이유를 확연히 드러낸다. 어떤 일이든 처음에는 수동에서 시작해 자동이 되는 것이 좋다. 자동을 먼저 익힌 사람들은 일의 프로세스와 인과 관계를 모른다. 일을 배우는 사람들은 수동으로 시작해야 한다는 나름의 철학을 집안일에 적용하니 몸이 고생인 거다. 로봇과 인공지능이 현실화된 시대에 살면서도 문명의 이기를 활용하지 못하는 철 지난 시대정신 때문이기도 하다. 회사 후배들도 가끔 그랬다. "부장님, 불편하지 않으세요?" 천만에. 왼손이 불편할 뿐 오른손이 하는 수동은 하나도 불편하지 않다.

그런데 이제 '왼손이 하는 자동'을 시도해보려 한다. 늘 하던 대로 사는 건 '늙었다는 증거이고 더 이상 변화하기 싫다는 변명이고 더 이상 기회를 찾지 않겠다는 의지'라고 그랬다. 익숙하지 않은 것을 해야 불편함을 느끼고 잘되는 방법을 찾기 때문이다. 어깨가 아프지 않았다면 왼손의 필요성도 느끼지 못했을 것이고 자동의 소중함도 몰랐을 터. 어눌한 왼손이 자동의 도움을 받으면 오른손처럼 능수능란해질 날이 곧 오겠지.

○

운석이 충돌하고 대륙이 합쳐지며 쏟아낸 마그마와 먼지가 지구를 덮어 많은 생물들이 멸종했다는 책의 내용을 작은아이에게 읽어주니 이렇게 묻는다. "그럼, 엄마, 공룡이 멸종한 것처럼 인공지능이 나오면 인간도 멸종하는 거 아니야? 우리 집 아파트보다 큰 공룡도 사라졌는데 우리는 금방 사라지겠네." 그러게 말이다. 인공지능이 인간의 삶을 자동으로 바꿔주는 대신 정신을 수동으로 바꿔놓은 일이 과연 발생할까?

내가 사는 동안 그럴 일이야 없겠지만 온갖 만화의 상상이 현실화되는 이 땅에 발을 딛고 살면서 '자동'에 대한 이해는 필요하겠구나 싶다. 그래야 로봇을 부릴지 인공지능에 우리 아이의 취업자리가 도둑맞는지 판단이나 하고 살 테니.

일과 인생

신문을 뒤적이다 아래의 기사를 발견했다. 살짝 통쾌함까지 든 건 내가 지나친 수동형 인간이기 때문일까? 아니면 온 가족이 철저하게 문과형이라 '문송(문과여서 죄송)'할 아이들에 대한 걱정 때문일까?

"인간과 자율 주행자동차가 국내에서 처음으로 펼친 공식 운전 대결에서 인간이 모두 승리했다. 자율 주행차는 장애물을 거칠게 치고 나가거나, 주행을 완료하지 못하기도 했다. 지난해 구글 인공지능AI '알파고'와 프로 바둑기사 이세돌 대결에서는 인간이 패배했지만, 자동차 운전에서는 아직까지 인간이 뛰어났다."

- 전자신문, 2017.11.17

아무렴, 아직은 영장류인 인간이 제 꾀에 넘어가서야 되겠나. 인간 손이 나은 게 하나라도 있어야지.

"야, 난 요즘 오른손 좀 쓰고 살려고 하는데, 신기하게도 나는 불편한데 사람들은 날 이제 이상하게 안 보더라." 오십견을 앓는 친구는 오십년 만에 오른손을 써본다고 했다. 막상 오른손을 써보니 왼손잡이의 불편함을 참고 산 게 억울하다고 했다. 자기가 개발자라면 주방용품, 가전제품을 몽땅 양손잡이로 바꾸겠다고 한다. 낯선 것은 불편하지만 그래서 기회가 생긴다. 생소함을 거부하면 멸종할지도. 나도 좀 다른 스타일의 옷을 골라야 겠다. 화석에 박힌 공룡이 되지 않으려면 말이다.

명품보단 매일매일 작은 행복.

볕 좋은 가을날, 동네 이웃과 차를 마셨다. 아이들 교육 문제로 시작한 이야기는 부동산, 주식, 복권으로 이어지고 떼돈을 번 사돈의 팔촌의 신화로 절정을 향했다. 단기간에 통장을 불린 사람들의 거품 섞인 이야기는 듣는 사람들의 얼굴을 홍조로 물들인다. 소문은 양지바른 행운만 실어 나른다는 걸 알면서도 돈의 위엄을 이미 알아버린 터라 그 양지에서 볕 쏘일 날을 손꼽아 기다리니 얼굴이 붉게 물드는 것은 당연지사.

놀부를 욕할 자격은 누구에게도 없다. 나이가 들수록 소유욕은 노골적이며 과감하고 대담하다. 당장 먹고 사는 일뿐만 아니라 교육, 노후 전반에 금전의 위력이 막강하다는 걸 이미 아는 나이가 되었으니, 어쩔 도리가 없다.

○

　하늘이 높은 가을날, 가족과 하늘공원에 갔다. 난지도 쓰레기매립에서 자연생태계로 변신한 하늘공원은 진짜 하늘과 맞닿아 있다. 일산에서 출퇴근하며 퀴퀴한 냄새 때문에 졸다가도 차 유리문을 닫은 기억이 선한데 가슴 깊은 곳까지 상쾌한 공기가 밀려온다. 정상에 오르니 장관이다. 억새가 그렇게 아름다울 줄이야. 천천히 걸으며 이야기도 하고 오물오물 호박엿도 먹었다. 한눈에 들어오는 한강을 내려다보며 대교 순서도 읊어보고 '우리나라 좋은 나라'를 외치며 천천히 공원을 내려왔다.

　주말의 짧은 산책은 길고 복잡한 여행보다 풍족했다. 원래 작은아이의 운동화와 학교 준비물을 사려고 나온 것이었는데 맛있는 저녁만 먹고 생각 없이 돌아왔다. 하늘공원의 또 다른 장관이었던 바람개비가 풍력 에너지를 만들어 내고 매립된 쓰레기에서 나오는 메탄가스가 주변 월드컵 경기장의 연료로 사용된다는 사실로 한참을 수다 떠느라 외출의 목적을 잊었다. 내일 아침 문방구가 일찍 문을 열려나.

○

　연구 결과에 따르면 걷기, 놀기, 말하기, 먹기가 인간에게 가장 큰 행복감을 주는 행동이고 이 모든 것의 종합 선물 세트가 '여행'이라고

　　　　　　　　　　　　　　　　　　　　　일과 인생

한다. 여행은 익숙한 장소, 느낌, 규칙에서 벗어나는 일이다. '밥 달라, 공부해라, 돈 없다'가 아니라 '하늘이 예쁘다, 석양이 좋다'는 대화가 가능해진다. 사랑하는 사람과 함께 '경험'하는 것이 물건을 소비, 소유하는 것보다 행복하다는 학자들의 주장에 십분 동의한다.

아는 지인의 SNS에는 출근길, 퇴근길, 동네 놀이터, 학교 운동장, 동네산이 자주 등장한다. 음식 사진은 대부분 부대찌개, 부침개, 막걸리, 소주다. '배우자, 자녀들과 함께'라는 해시태그와 함께. 또 다른 지인은 이국적인 풍광, 럭셔리한 호텔 수영장, 굉장한 비주얼의 요리 사진을 올린다. 행복하게 웃고 있는 배우자, 자녀의 사진 아래에는 '오랜만에 가족과 함께'라는 설명이 달려 있다.

첫 번째 지인의 SNS에는 '일상'이 보이고 두 번째는 여름휴가, 결혼 기념 등 '행사'가 보인다. 첫 번째 지인과 두 번째 지인의 가족 중 누가 더 행복할까? 사람마다 행복의 기준이 달라 단호하게 답할 수는 없어도 아빠와 함께 운동장에서 야구하고 함께 목욕하고 배우자와 파전에 막걸리를 먹는 가족의 행복 수치가 더 높을 거라 점친다.

'높은 자리에 오르고 큰 프로젝트에 성공하고, 부자 돼서 우리 행복하게 살자'는 실체 없는 상상의 행복이다. 지켜주지 말고 함께 경험해야 행복하다고 고백부부도 말하지 않았던가.

○

"여보, 난 명품 가방, 좋은 옷 별로야. 에코백이랑 청바지가 편해. 대신 가끔 예쁜 머리핀이나 사줘. 퇴근길에 군고구마, 귤, 호떡, 아이스크림 같은 거 사와서 아이들이랑 맛있게 먹는 게 더 좋아. 그러니깐 한 방에 해결하려 하지 말고 오늘 제시간에 들어오기나 하서." 친구는 매일 새벽에 들어오면서 20주년 결혼기념일을 위해 적금을 붓고 있다는 남편의 못 믿을 말에 이런 문자를 보냈다고 했다.

"야, 어차피 일찍 못 올 거, 그냥 선물이라도 받아." 듣던 친구들은 '경제적'으로 생각하지 못하는 친구에게 이런 훈수를 뒀다. 그러자 친구는 그랬다. "1년에 몇 번 들자고, 입자고 그걸 받니? 그거 받으면 갑자기 행복해진다니? 그딴 거 사주고 미안한 맘 한 방에 털어버리려는 게 더 미워. 그럼 애들한테는 뭘로 갚으려고? 난 우리 아빠가 매일 까만 봉지에 간식 사들고 오시던 게 그렇게 좋았어. 매일 매일 조금씩 행복한 게 나의, 우리 아이들의 소원이야. 명품, 해외여행. 이딴 거 난 별로야." 하얀 얼굴에 오밀조밀한 이목구비의 친구는 우리보다 한수 위다. 학자들도 그랬다. 행복은 강도가 아니라 빈도라고.

○

돈이 인생에서 선택의 폭을 넓혀준다는 건 부인할 수 없는 사실이다. 불안과 평안, 행복과 불행을 저울질 하는 지렛대가 되기도 한다. 그런데 이 또한 정답은 아니다. 친구의 말처럼 돈이 얼마나 있는가 보

일과 인생

다 돈으로 얻은 풍요로움을 누구와 어떤 방식으로 누리느냐가 행복의 알맹이가 아닐까 싶다.

시원한 이목구비의 피부가 까만 지인의 집에는 크고 작은 사진 액자들이 탁자와 벽을 장식하고 있다. 어디를 그렇게 많이 다녔는지, 대한민국의 웬만한 장소와 계절의 풍경은 모두 담겨있다. 내가 다녀온 것도 아닌데 대한민국 전체가 낯익다.

사진을 보고 있자니 불현듯 이 문구가 생각난다. "껍데기는 가라. 사월도 알맹이만 남고 껍데기는 가라." 어쩌면 지금까지의 나는 내가 '가진 것의 종합'이었을지 모른다. 이제부터는 내가 '경험한 것의 종합'이 되고 싶다. 그것이 바로 완성이 아닐까.

어디를 가고 싶다고 하면 남편은 몇 시간을 열심히 달려 그 곳에 간다. 그러곤 차에서 몇 발자국 걷지도 않고 "잘 봤지? 이제 가자"며 냉큼 운전대를 돌린다. 서두르지 않으면 길 밀린다고. 시간 단위, 행동 단위별 계획을 짜고 움직이는 나로서는 적응이 쉽지 않았다. 그런데 아이 둘이 태어나고 그 아이들과 함께 여행을 떠나며 우리들은 만지고 먹고 냄새 맡고 밟아보는 일에 가까워졌다. 차 안에서 큰아이는 80년대 대학가요제 노래를 부르고 남편은 세븐틴의 '박수'를 부른다. 경험은 '소유'보다 더 많은 시간을 필요로 한다.

친구들아, 이제 좀 놀자.

우연히 지인의 SNS에 들렀다가 너무 놀라 휴대폰을 놓칠 뻔했다. "오랜만에 찾아뵙네요. 친구. 꼭 직접 만나봐야만 친구인가? 평안히 계시는가?" 라는 안부글이었는데, 계정의 주인은 4년 전, 세상을 떠난 L기업의 L상무다. 대학원을 다니며 알게 되었는데 속 얘기를 나눌 정도는 아니었지만 무슨 일이든 대범하게 웃어넘기던 호인으로 기억한다. 건강 때문에 휴직했다 들었는데 얼마 뒤 임원으로 승진하며 건재함을 알렸다. 그러던 어느 날 갑작스런 부고를 전했다.

L상무의 친구들은 가끔은 먼저 간 친구에게, 가끔은 계정의 주인이 된 친구의 부인에게 안부를 남겼다. 아들과 딸도 아빠가 보고 싶다고, 생신을 축하한다고 담벼락을 채웠다. 마치 어제 만난 사람에게 말을

거는 것처럼.

무더운 여름날에 올라온 안부 인사. "여긴 무덥습니다. 오랜만에 찾아봤소이다. 친구." 가을 즈음에는 "비 내리고 바람도 간간히 불고 생각나서 들렀다 가오. 친구." 먼저 간 친구는 하늘에서 어떤 표정을 하고 댓글을 쓰고 있을지.

○

오래 안 사이도 아닌데, 병원 생활을 할 때 유독 생각난 지인이 있다. 한편으로는 이성적이고 한편으로는 감정적인 그녀가 왜 보고 싶었는지는 모르겠다. 뜬금없이 안부를 전하고 천연덕스레 병문안까지 요구했다.

그리고 얼마 전 함께 북촌을 걸었다. 만둣국을 먹으며 과거의 일, 현재의 가족, 미래에 대한 이야기를 나눴다. 그저 말하고 듣고 끄덕이고 맞장구 쳐주는 게 전부였던 4시간의 대화로 나는 조금 더 건강해졌다. 씨앗이 자라는 종이 카드를 선물 받으며 소박한 만남은 마무리되었다. 아마 1년 뒤쯤 다시 만나려나.

살다보면 친구가 아니어도 제법 마음 맞는 위아래 나이대의 사람을 만나게 된다. 그중의 일부와는 사회의 인연이 다한 뒤에도 함께 커피를 마시고 좋은 음식을 나누고 산책을 하고 책방에 가고 싶다. 일 년에 한 번 볼까말까, 서로의 호칭도 '부장님', '이사님'인데도 난 그녀의

일과 인생

밝아진 표정이 좋다. 우리는 비슷한 시기에 사회에서 나왔다.

일 년에 한두 번 만나는 후배, 상사와도 이해타산 없이, 감정적 분석 없이 문을 열 수 있게 되었다. 그들은 여전히 나를 '부장님' 혹은 '이 부장'으로 부른다. 부장으로 퇴직한 나는 앞으로 10년이 지나도 '부장님'일 것이다. 후배들은 전무나 사장쯤으로 승진시켜 주겠다는데, 필요 없다. 난 만만하고 오래 묵은 '부장님'이 좋다. 내게 중요한건 현재의 지위가 아니라 지난 시간을 담은 그 시절의 호칭이니까.

○

시간은 있는데 돈이 없으면 건달이란다. 시간도 없고 돈도 없으면 노예라고 한다. 나는 4년 전 노예에서 건달로 등급 상향되었다. 그런데 같이 놀 사람이 마땅치 않다. 건달에게도 무리가 필요하다. 단풍 구경, 낙엽 밟기도 규모가 되어야 울긋불긋하다. 혼자 그러면 청승이고 오해받고 신고도 들어온다.

SNS에 등록된 '친구'들은 전부 다 잘 산다. 잘 먹고 잘 입고 좋은 곳을 여행하고 책도 많이 읽는다. 예뻐졌고 잘 생겨졌고 화목하다. 반면 나의 SNS는 이순신 장군의 유언을 이행하느라 철저히 침묵 중이다. 무슨 일을 하는지, 어디에 가는지, 무엇을 먹는지, 어떤 기분인지, 절대로 알리지 않는다. 그러다 보니 나와 비슷한 처지의 배고픈 소크라테스들만 남았다. 이들은 철학자에 가까워서 건달이 되고자 하는 나의 목적을 방해한다. 건달도 쉬운 일은 아니다.

젊어서 세상과 싸울 때는 동지가 필요하고 마음이 힘들 때는 멘토가 필요하고 나이 들어서는 놀아 줄 사람이 필요하다는데, 마땅하지 않다. 마음이 맞지 않아서, 바빠서, 멀어서, 먹고 살기 힘들어서, 각자 가진 수명이 달라서 그렇다.

○

다양한 인맥을 만드는 것이 성공의 지름길이라고 했다. 그래서 열심히 악수하고 웃고 밥도 먹고 술도 먹고, 그런 다음 받은 명함을 보험처럼 쟁여 놓았는데 퇴직할 때, 한꺼번에 버렸다. 명함집의 대부분은 누군지, 언제 만났었는지 기억에도 없었다.

미국 서부 개척 시대처럼, 땅을 차지하기 위해 무조건 달려 팻말을 꽂을 생각만 했지 석유를 얻기 위해 땅을 팔 생각은 해본 적이 없다. 석유를 얻어야 아랍의 부호처럼 살 수 있는데 말이다.

침묵중인 SNS를 열어 몇몇의 지인들에게 인사를 전한다. 그들 중 몇몇은 '친했던 사이도 아닌데, 이 여자가 왜 이러지?' 할지도 모르겠고 '무슨 어려운 부탁을 하려고 이러나?' 하며 의심스러워할지도 모르겠다. 연락을 받은 지인들은 내가 생각하는 동지, 멘토, 친구 중 하나이거나 가까운 미래에 그렇게 되고 싶은 사람들이다. 그렇더라도, 내 맘과 같지 않다면, 아님 말고.

일과 인생

"야, 난 우리 애들한테 제사상 차리지 말라고 할 거야. 그냥 내가 좋아하는 커피 올려놓고 지네들끼리 엄마 생각이나 하라고 해야지. 주희 너희 아들들은 웨하스랑 쫑구만 사면 되겠네."

아 깜짝이야. 웨하스랑 쫑구라니. 그래, 그랬었지. 내가 그걸 좋아했지. 한때 밥 대신 먹을 정도로 좋아했는데. 학교 매점에서 웨하스와 쫑구를 사대던 친구들이 대신 기억하고 있었다. 나도 모르는 내 과거를 알고 있는 그녀들. 위험(?)하다.

언제라도 마음먹은 때에.

옛말 하나도 틀린 게 없다. '건강한 육체에 건강한 정신이 깃든다'는 말은 진리다. 갈수록 몸놀림이 재빠르지 못한 건 나만의 문제일까? 자리에 잽싸게 앉지 못해 운전기사의 타박을 받는 할머니들을 보면서 나는 그러지 않겠지 했는데, 아닌가 보다. 30분 걸릴 거리를 매번 10분 더 늦는다.

윗집 아저씨의 사정도 별반 다르지 않다는 소식에 다소 안심이 된다. 아이와 힙합 콘서트에 다녀왔는데 5시간 넘게 진행된 스탠딩 공연에 몸져누웠다고 한다. 윗집 아저씨는 나보다 6살이나 젊다.

큰아이가 틀어 놓은 아이돌 노래를 수개월 이상 반복해 들으니 요즘은 자연스레 스웩이 나온다. 대충 따라 흔들면 아이들은 "오, 우리

일과 인생

엄마, 젊었을 때 좀 놀았겠는데" 한다. 전혀. 난 똑똑하지 못한 탓에 무척 성실했다. 간혹 자퇴서와 사직서를 들고 오긴 했어도 학교, 집, 회사를 벗어난 본 적이 별로 없다. 그래서 이제, 난 좀 놀고 싶은데, 정식으로 춤도 배우고 싶은데, 윗집 아저씨도 해내지 못한 일을 과연 내가 할 수 있으려나.

○

'내려가는 게 더 버거운 날이 온다. 누구에게나'라는 제목의 기사를 읽었다. 노약자를 배려해 에스컬레이터를 하행으로 조정했는데 시민들의 반발로 다시 상행으로 바뀌었다는 내용이었다. 아직은 오르는 게 더 힘든 나이이긴 하나 헤드라인 뽑은 기자의 마음이 따뜻하게 느껴졌다. 사정을 이해하지 못하면 뽑아내지 못할 문장이다.

어느 장례식장, 상주가 한눈에도 흰머리가 수북하다. 알고 보니 75세란다. 그런데 불편한 기색도 없이 일일이 무릎 절을 받는다. 상주와 지인들은 가벼운 얼굴로, 오래 살고 큰 고통 없이 간 고인의 명복을 빌었다. 장례식장은 웃음소리가 들려도 조심스럽지 않았다. 오랜만에 호상을 본다.

많은 사람들은 이미 오래 살 준비를 끝낸 것 같다. 잘못하면 산 날만큼 살아야 할지도 모른다고 한다. 큰일이다. 무릎 절을 받는 건강한 상주처럼 될지, 지하철 역 계단 내려가는 게 힘들어 민원을 넣는 늙은

이가 될지 지금의 나는 잘 모르겠다. 다만, 정기 검진 항목이 하나둘 늘어난 건 사실이다. 엄마가 먹는 것처럼 한웅큼은 아니더라도 몇 가지 약은 꼭 챙겨 먹어야 한다.

○

몸이고 마음이고, 젊을 때는 오르는 것이 어렵고 나이 들어서는 내려가는 일이 어렵다. 에스컬레이터가 다시 상행으로 바뀌었다는 건 고령화 시대, 아직 우리 사회에 젊은이들이 많다는 기분 좋은 신호다.

여러 길을 돌아 다시 목적지로 향하는 상행선 밑에 서 있는 동년배들. 에스컬레이터는 지각할지 몰라 동동거리는 젊은이에게 내어주고 계단으로 쉬엄쉬엄 올랐으면 좋겠다.

외나무다리에서 만난 상대에게 우선순위를 내주겠다는 동네 엄마의 결심처럼 앞으로 완성해갈 일들을 적당한 크기로 잘라서 적당한 자리에 붙여 놓고 서두르지 않으련다. 원하는 목적지인지 확인도 하지 않고 뛰어가는 일, 이미 해봤고 그러다 넘어져 다쳐도 보았으니 이제는 주변도 둘러보고 바나나 우유도 사먹으며 걸어갈 생각이다. 다만 언제라도 마음먹은 때에 뛰어갈 수 있게, 방전되는 일 없이 내 몸만 잘 지키고 있으면 되지 않겠는가. 아직은 내려갈 때가 아니니.

일과 인생

24절기의 변화에 따라 먹어야 할 음식이나 세시 풍속도 다양하다. 어릴 때 무심히 먹었던 팥죽, 떡국, 송편, 삼계탕, 오곡밥, 부럼 등을 챙기다 보니 철마다 필요한 영양으로 건강을 지킨 조상들의 지혜가 새삼 놀랍다. 오늘 아침 떡국은 싱거웠다. 올여름 삼계탕은 제대로 한번 만들어 볼 생각이다. 내 몸은 내가 대접하는 거니. 아이들에게도 그것만큼은 가르치고 싶다.

달달한 커피 한 잔으로 떠오르는 태양을 감상한다. 저녁은 마무리로 바쁘지만 몇 시간 차이도 나지 않는 새벽은 오늘 할 일로 차오른다. 하루살이지만 도전 의식이 충만하다.

쨍그렁. 이런 낭만과 여유는 사치다. 새벽의 노동을 상징하는 성실한 배달인이 놓고 간 신문은 온통 빨간불이다. 취업은 안 되고 결혼할 엄두는 나지 않고 아이 낳기 두렵고 아이 키우기는 더 힘들고 그 아이를 지키기 일은 더더욱 힘들다는 이야기들. 사회는 이 '무책임'한 짐을 '수저'라는 손쉬운 단어로 반죽해 이 땅의 성실한 부모들에게 던졌다. 어이없게도 사회가 던진 이 불합리를 우리들은 자연스레 받아들이고 입에 담는다.

일과 인생

부모인 나는 미안하고 억울하다. 희망적인 미래를 꿈꿀 수 있고 노력하면 보상이 주어지는 사회를 살아온 것에 미안하고 열심히 살았건만 우리들의 딸과 아들에게 이런 사회밖에 물려주지 못해 억울하다. 나의 부모님들도 그랬다. 회사와 집을 날아다니며 전투를 벌이는 딸의 모습에 좀 더 안녕한 사회를 물려주지 못함을 안타까워했다.

사는 일은 풍선을 부는 것과 같다. 입으로 바람을 넣으면 부풀었다 줄었다를 반복하지만 결국 풍선은 계란 모양으로 차오른다. 삶은 그렇게 전진과 후퇴를 반복하면서 조금씩 앞으로 나가는 일이라고 나의 부모님은 말했다. 누구는 사회에 나가는 일로, 누구는 결혼으로, 누구는 육아로 서로 다른 시기에 서로 다른 방식으로 서로 다른 무게의 짐을 짊어진다.

수저에 따라 뜨는 밥의 양과 질이 달라지는 건 사실이나 부모님들보다는 우리가, 우리 보다는 우리의 아들, 딸들이 더 큰 밥그릇을 가지게 될 것이라 믿는다.

그러므로 행하지도 않고 염려하고 후회하는 것보다 무엇이든 행하고 후회하는 것이 낫다는 선조들의 충고를 나 역시 되풀이 하고 싶다. 할 수 있는 것보다 할 수 없는 일들이 많고 한 만큼 되돌아오지 않는 사회인 걸 알지만 나는 어른이고 무서운 현실보다 더 무서운 희망을 만들어야 할 의무가 있기에. 세상이 마음에 들지 않는다고 정치가적인 발언만 하고 살수는 없다. 사회는 '구호'가 아니라 평범한 사람들의 '실천'으로 바뀌어 가는 것이다.

책은 10년의 여행, 50년의 경험, 100년의 지식, 1000년의 역사를 담고 있다고 했다. 어떤 책이든 후루룩 국수 먹듯 훑을 게 아니라는 말이 생각났다. '딸로 입사해 엄마로 퇴사'한 짧은 나의 삶이 사회로, 혹은 가정으로 향하는 모든 이들에게 여행이 되고 경험이 되고 지식이 되고 역사가 되길 감히 희망한다. 아울러 찰나의 위로가 되길.

일과 인생

딸로 입사 엄마로 퇴사

1판 1쇄 인쇄	2018년 2월 14일
1판 1쇄 발행	2018년 3월 5일
지은이	이주희
발행인	안현동
편집인	황민호
출판사업본부장	박종규
편집기획	박정훈 강경양 백지영
마케팅본부장	김구회
마케팅	이상훈 김종국 반재완
국제판권	이주은 오선주
제작	심상운
디자인	Morandi : 아름
일러스트	임나운
발행처	대원씨아이(주)
주소	서울특별시 용산구 한강로 3가 40-456
전화	(02)2071-2019
팩스	(02)749-2105
등록	제3-563호
등록일자	1992년 5월 11일

© 이주희 2018

ISBN 979-11-334-7510-0 03810